U0028267

夜不語
詭秘檔案

夜不語
詭秘檔案

夜不語
詭秘檔案

夜不語
詭秘檔案

夜不語

詭秘檔案202

Dark Fantasy File

沉溺池

夜不語 著 Kanariya 繪

CONTENTS

自序

最近幾年的天氣，一年比一年怪。

因為疫情的原因，出不了省。所以我帶著妻兒準備從成都出發，自駕前往九寨溝。其實去年的這個時候我也去了九寨溝的，但路上遇到土石流，道路被沖斷，最終在路上被堵了兩天，灰溜溜地回家了。

今年我沒啥好的選擇，就策劃再出門一趟。

但這次再出發，其實早就有不好的預兆了。出發的第一天就不順利，平時也就幾個小時的路，我們足足在高速公路上堵了十一個小時。還好因禍得福，雖然凌晨沒趕到預訂的酒店，卻在路上看到了久違的銀河。

已經幾十年沒有看過銀河了，我立刻把車停下，就那樣拉著妻兒，躺在旁邊的草地上，對著璀璨的群星，看了很久很久。

第二天，一路從紅原到若爾蓋的路上，騎馬吃牛肉，都還算玩得盡興。可第四天就快到九寨溝時，沒想到，惡夢又來了。

那天下午，我哼著歌開著車，心想明天一早就能進九寨溝景區了。哼著哼著，天氣陡然驟變，原本還萬里無雲的天空突然就黑沉沉起來，天彷彿塌了，吊著鉛塊，像是伸手就能摸到。

說時遲那時快，瓢潑大雨重重地砸在車頂的天窗上。沒等我反應過來，女兒餃子就已經尖叫了一聲，「爸爸快看，有冰雹！」

我這才發現，砸在玻璃上的哪裡是雨！分明都是些米粒大小的冰雹，密密麻麻，沒有間歇，狠狠砸得整輛車都在晃動。

沒有選擇，我連忙將車停在一處自以為安全的隔離帶旁。這時雨更大，冰雹也更可怕了。剛剛還只有米粒大小的冰雹，轉眼間已有蠶豆大小。

如果這些都不算什麼的話，那最可怕的還是要數車外傳來的聲音。

哪怕隔著窗戶玻璃，我都能感覺到地面的震動，以及外界傳來的轟隆隆響。

我背脊發涼，四處尋找聲音的來源。就在這時，眼尖的餃子又一次指著窗外大聲尖叫，「爸爸，有土石流。」

果不其然，陡峭的山頂上，大片大片的泥土開始往下滑落。地面上的雨已經變成了泥漿，就快要淹沒我們的車輪。

繼續待在隔離帶已經不是一個好選擇，如果土石流真的沖下來，停車不動的我們一家子，恐怕就要葬身土石流中。

當機立斷，我急忙發動汽車，從泥漿中突圍。

泥漿太厚了，一旦漲過排氣管，我們一家子將束手無策，只能在原地等死。

天更黑了，明明是下午兩點，陽光正烈的時候。車窗外竟然黑得伸手不見五指，我打開雙閃燈，雨刷拚命地來回刷動，哪怕如此，仍舊沒法將落在擋風玻璃上的雨和冰雹刮掉。

路很狹窄，路上的視線不足五公尺。四面八方都黑乎乎，模模糊糊的。這緊張的狀況，讓車內的氣氛壓抑到了極點。

我甚至嗅到了一絲人生要結束了的恐懼。

後座的餃子正是沒心沒肺的年紀，看到我臉色不對勁，倒是興奮得很。她說這是她第一次看到天災，沒想到天災竟然這麼恐怖，嘻嘻嘻。

嘻妳個頭啊，傻女兒，外邊都像末日降臨了，你還在興奮個啥？

幸好佛祖保佑，路上的車雖然多，但大家都保持安全距離。路雖然狹窄，山頂不斷地掉石頭和滑坡，可我們終究還是幸運的，花了半個多小時，最後平安衝出了危險位置。

將車停穩，抹了一把冷汗向後看，我才後怕不已。身後的路已經有大量的土石沖刷下來，將整條公路分割成一段又一段。

要不是我們走得快，如果晚上那麼一丁點，或許就會像後邊的車流一樣，被困在山上。

再看車，整輛車就像從泥漿裡撈出來似的，狼狽骯髒。至於繼續前往九寨溝，怕是想也別想了。

感覺撿回了一家人小命的我，一路不停，打道回府。

雖然今年我還是沒能去成九寨溝，但我確實是幸運的。

被土石流阻斷的道路上，幾千輛車都沒能下來，如孤島般被困在一座小山村裡。沒水、沒電、沒網路。直到幾天後，道路才搶通。

不過我的另一位朋友，就沒有那麼幸運了。

我那位朋友，今年的連假跟我一同出發，在半路上分道揚鑣。我去阿壩藏族自治區，他去廣西旅遊。

我在黃龍風景區附近遇到土石流。而他在廣西的一條高速公路上遭遇橫禍，貨車疲勞駕駛，從對向橫衝過來。

五死十七傷。

他僥倖躲過死亡，但腦袋受到嚴重損傷，很可能一輩子癱瘓，脖子以下再也無法動彈。

生命無常！

突然覺得人只要好好地活在這個世上，健健康康，其他一切都無所謂的。小確幸也是幸福啊。

人這一輩子，不就是這麼一回事嗎？

夜不語

「沉溺」在這個地方的方言裡讀作「承諾」。

「沉溺池」便是「承諾池」。

據說，如果在這口子母井前，男方站在子井處，女方站在母井處，同時喊出同樣的承諾，兩個人就一定會幸福。

但是，誰又知道呢？

或許在這口子母井前許下承諾的兩個人，守住了承諾，不一定會得到好結果。

但一旦守不住承諾，就一定不會有好結果。

因為等待你的結果恐怕只剩一個，便是——

死！

楔子之一

據說，每個結婚的女人在結婚當天都是瞎子，否則，為什麼會有那麼多人離婚！

何鷺就是瞎子，典型的瞎子。她假裝聞不到準新郎奔入婚禮禮堂時，身上還帶著的香味，一種淡淡的，猶如薰衣草的味道；那香水她知道，Anna Sui，一個崇尚簡約自然主義的時尚品牌。

因為她也有一瓶。

Anna Sui 這個品牌洋溢著濃濃的復古氣息和絢麗奢華的獨特氣質，身為設計師的 Anna Sui 是華裔移民，她的設計大膽而略帶叛逆。一切華麗的裝飾主義都集於她的設計中。

所以她去香港出差時，第一眼看到 Anna Sui，聞到那種淡淡的簡單香味，就被那近乎搶眼、近乎妖豔的色彩震撼，更深深沉醉於那獨特、如巫女般迷幻魔力的風格之中。

只不過那瓶自己視為珍寶的香水，早在三個月前便不見了，當時她的未婚夫，現在的準新郎只是淡淡地說，她的寵物貓不小心將香水瓶打翻，他打掃了一下，將碎掉的玻璃全扔了。

那時候她沒有聞到臥室裡有香水打翻的獨特濃香，這款香水雖然很淡雅，但還沒有淡雅到灑在地板上，一點香味也沒殘留。

不過她什麼也沒有說，她相信自己的未婚夫，甚至比相信自己更甚。她要和他結婚了，就在三個月後，勝利者是她，她什麼都可以不在乎。

沒想到居然在結婚的三個小時前，自己又聞到了久違的味道。何鷺穿著潔白的婚紗，有人說結婚那天的女人是最美的，沒錯，她美得不似凡人，甚至不食人間煙火。

她帶著完美的微笑迎上去，接過未婚夫的外套，鼻子裡聞著 Anna Sui 淡雅的柔軟香味，看著外套上幾根漆黑的長髮，眉頭沒有皺一下，聲音裡依然縈繞著對即將開始的，人生最大一件事的喜悅。「親愛的，昨晚的應酬很累吧？」

未婚夫無奈地嘆了口氣，「別說了，部門經理實在很討厭，那個客戶也三八得要命，我真有點懷疑他不是個男人。KTV 唱了，酒也喝了，三溫暖也洗了，最後居然就是不簽約，根本就要著我們玩。」

何鷺溫柔撫摸他的額頭，眼睛再也沒有瞟過外套上的未知長髮，雖然那些斷髮，已經在未婚夫的外套上出現過許多次。「一直都叫你少喝點，你的胃本來就不好。」

「沒關係的，老婆，喝再多也絕對不會耽誤我們今晚的大事！」未婚夫一把抱住何鷺纖細的腰肢，狠狠地在她嘴上親了一口。

她微笑，微笑得十分迷人，也彷彿絕對的幸福。

禮堂的紅地毯很紅，她和自己的未婚夫，手挽著手走了上去。她清楚知道，紅地毯的對面有許多含義，幸福、責任，還有廚房。

千百次了吧，自從在子母井前，相互許下諾言以後，就在夢裡重複了千百次自己和他結婚的場景。三年多了，終於要實現了！

親友們的祝福在他們走過那段不長的紅地毯時，一直喧鬧的圍繞著，不絕於耳。她臉上有不多一分、不少一分的完美微笑，似乎在向所有人詮釋著，這就叫幸福。

請來的司儀恰到好處地取笑惡搞他們，然後到了交拜的時候。

她和他相對站著，交拜的那一剎那，她故意用頭碰到了他的頭。母親說，這樣不只代表著白頭偕老，更代表了，這個丈夫在以後一輩子，都只能屬於自己了。

在朋友們的耍鬧間，時間過得飛快，很快便到了洞房的時候。

洞房如同他們同居幾年來的每一天一樣，最多不同的只有，何鷺起身倒了兩杯紅酒，端著來到床邊。

「喝口紅酒潤潤胃，你今天又喝了不少酒。」她關心地說。

丈夫笑著，臉上還帶著喧鬧過後的興奮。「沒關係，男人嘛，喝酒是醉不倒的。」

「你呀，就會逞能。看我不管你了。」

「妳才不會。」丈夫笑著。

「要死，快給我喝了。」她嬌嗔道。

「好，喝就喝。」丈夫一口乾了紅酒，仰倒在床上，看著身旁的妻子。

「怎麼了，用那種眼神看著我？」何鷺摸了摸自己的臉孔，「我的臉上有東西？」

「沒，只是頭有點暈，看來我真的喝多了。」丈夫搖頭。

「那就睡吧。」妻子說。

「嗯，睏了。」他的聲音低沉，只覺得妻子的聲音，也漸漸低沉了下去，尾音拖得很長很朦朧，眼睛一黑就睡著了。

不知過了多久，他清醒過來，但感覺全身都很痛。張開眼睛，卻發現自己坐在餐桌的椅子上，身體被人用繩子密密麻麻結實地捆了起來。

有強盜？入室搶劫？他驚惶得剛要大叫，卻突然看到自己的妻子，安然坐在桌子對面，臉上依然帶著漂亮溫柔的微笑，正默默地注視著他，就像從前那樣深情地看他。

「親愛的，妳在開什麼玩笑？」心裡稍微安穩了一點，丈夫在臉上浮起一種可稱之為不快的表情，雖然隱隱感覺有些不太對勁，但依然說道：「快把繩子給我解開。」

何鷺像是沒有聽到他的話，只是開心地道：「老公，還記得在沉溺池前，我們許過什麼願望嗎？」

她的老公愣了愣。

「怎麼？你忘了？要不要我幫你回憶一下下？」她笑笑的，臉上浮現兩個可愛的酒窩。「你說，會娶我，一輩子愛我，只愛我，絕對不會三心二意，招蜂引蝶。你還說，如果違背諾言的話，就和那個淫婦，吃活生生的內臟吃到撐死。

「老公，你知道嗎？就是因為那個誓言，我才死心塌地的跟你在一起，那晚，我把自己的第一次給了你。

「甚至，我不顧父母的反對，還差點和他們斷絕血緣關係。那時候的你什麼都沒有，只是個小清潔工，靠著我父母的關係，才進了現在的公司，爬到現在的位置。一切的一切，你都忘了嗎？」

「沒有，我根本就沒有三心二意過，更沒有對不起妳過。」丈夫的臉上浮起一絲不安，但嘴裡依然誠懇地說。

「對，你確實沒有三心二意過，你只不過五心四意罷了。」何鷺淡淡微笑。

「我發誓！」丈夫吼了起來。

「是嗎？呵呵，那我的那瓶 Anna Sui 哪裡去了？」

「早就說過，被貓咪撞倒摔碎了！」丈夫的聲音依然很大，理直氣壯。

「哦，那這些又是什麼東西？你說你不喜歡長髮，所以我的頭髮就從來沒有那麼長過！」她拿出一個盒子，裡邊有幾十根長髮，和今天早晨丈夫外套上，一模一樣的長髮。

「妳知道，公司應酬很多，洗三溫暖什麼的，總會在衣服上沾些頭髮什麼的。」

何鷺笑得似乎十分開心，「居然能全都沾上一模一樣的頭髮，這個機率也實在太微妙了，買彩券或許都用不到這麼高的機率。」

「公司——」

「不要再跟我說什麼公司！」何鷺發出尖銳的叫聲，臉上的笑容雖然依然溫柔，但眼神裡卻有一絲不像人類的冰冷。在那種目光中，丈夫不禁打了個冷顫，心臟猛地狂跳。

「對不起，我失態了，還是讓我來替你解釋吧。」

妻子優雅地衝他笑著，「嗯，應該說，在這裡我向你隆重介紹一位朋友，很好的朋友。這個朋友不管是內在還是外在，你都十分清楚。」

說完，她走到廚房，從沒有完全關嚴的冰箱中，拉出一名被綁著的女子來。那名女子大約二十五歲，漆黑的長髮，全身都冷得發抖，身上還散發著淡淡的 Anna Sui 馨香。

「麗！」丈夫驚叫起來，「妳瘋了，這是妳最好的朋友！」

「沒錯，這個我最好的朋友，居然還是個勾引我丈夫的好朋友！」妻子拉著麗的長髮，狠狠地將她拖到餐桌旁，架上了凳子。這一刻丈夫才發現，妻子纖瘦的身軀裡，居然還隱藏著那麼大的力氣。

「不要傷害她，我和她根本就沒什麼！」丈夫大叫。

「是，沒什麼，你們根本就沒什麼；除了一個背叛了妻子，一個背叛了好友外，真的就沒什麼了。」妻子笑得很開心，眼神卻冰冷得讓人凍結。

他對面的麗在冰箱裡冷得嘴唇發紫，眼睛恐慌地望著他看。

「她把什麼都告訴我了，一切。」

房間的氣氛在妻子的笑容裡，越來越詭異。

「其實你根本就不愛我，從來都沒有愛過。你和我在一起，不過是為了我父母的人脈和權力。親愛的，你違背自己的諾言了，所以，我為你精心準備了一桌大餐，你看！」

餐桌上空蕩蕩的什麼都沒有，妻子的手只是向前指著，手指的延長線外，是一個人——麗。

「妳要我吃什麼？妳要我吃什麼！」丈夫彷彿預感到什麼，恐慌地大聲喊著。

「沒用的，裝潢時，我特意叫工人加了一層隔音材料。你喊破喉嚨都不會有人聽到。親愛的，開飯了！」

妻子笑得很溫暖，她從桌子上拿起一把尖銳的菜刀，用力刺入驚惶失措的麗的腹部。麗痛苦地掙扎著，血噴了一地，也噴在何鷺的身上，一身紅色，如同婚禮地毯的顏色。

「妳瘋了！妳瘋了！妳這個瘋女人！」丈夫撕心裂肺地吼叫，他怕，怕得幾乎大小便都要失禁。

妻子將她最好朋友的內臟掏了出來，新鮮的內臟上還殘留著適宜的溫度。她將內臟湊到了他嘴邊，輕聲地，柔柔地說道：「親愛的，吃吧……這是你不守承諾的處罰……」

二〇〇七年五月三十日星期三，當天報紙上，刊登了一則不太引人注目的新聞。

塞納—馬恩省河小區發現了三具怪異的屍體，兩女一男。三具屍體死得極為怪異，兩具女屍的內臟皆被兇手用菜刀一塊一塊割下，餵給了男屍。

男性致死原因，為胃部破裂，內臟遭受大量壓迫而死。

三名死者關係曖昧，疑為三角戀。只是不知兇手為何用此種殘忍的手法，將三名受害人殺害，三名受害人和兇手又是怎樣的關係？

本報將對此案繼續予以關注。

實習記者：怡江

這則新聞並沒有被討論多久，便消逝在時間裡，而報紙也並沒有再追溯下去。人世間每天都有無數的生生死死在發生，如果都關注的話，關注的人或許也會累到活不太長吧。

楔子之二

知道什麼叫羊群效應嗎？

那是專指管理學上，一些企業的市場行為的一種常見現象。

例如有個很散亂的羊群組織，平時大家在一起盲目的左衝右撞。

如果一頭羊突然發現了一片肥沃的綠草地，並在那裡吃到了新鮮的青草，後來的羊群就會一擁而上，爭搶那裡的青草，全然不顧旁邊虎視眈眈的狼，或者看不到其他地方還有更好的青草。

羊群效應一般出現在競爭非常激烈的行業上，而且這個行業上有一個領先者——領頭羊佔據了主要的注意力，那麼整個羊群就會不斷模仿這個領頭羊的一舉一動，領頭羊到哪裡去吃草，其他的羊也去哪裡淘金。

這裡就有一個沉溺在羊群效應裡的人，一個無聊到極點的人。

在時尚界，領頭羊往往是各類明星，最近在明星中掀起了一股餵養螞蟻的熱潮。於是或明戀，或暗戀，或自以為那就是時尚潮流的人們，也紛紛購買螞蟻工坊玩耍。

在這裡我稍微解釋一下何謂螞蟻工坊。

據說這是一款風靡世界的生態教育玩具，和休閒時尚產品，源自美國太空實驗室，用於研究觀察螞蟻在太空生存狀態的實驗，而後轉為商品形態在各個國家開始流通。

此項螞蟻人工生存環境技術產品，被《時代》譽為二〇〇五年最迷人的發明之一。

產品的凝膠體裡，含有螞蟻所需要的營養物質和水分，所以不需要額外餵食螞蟻任何其他的東西。螞蟻們會在「螞蟻工坊」裡，快樂安靜地生活幾個月，不需要費很多心思，就能觀察到牠們的生態。

最近的我實在很無聊。其實大學生活也就正是如此，除了偶爾收集整理些自然科學的數據外，大部分時間都在上網和混時間。

雖然對這種「螞蟻工坊」類的不自然生態，十分嗤之以鼻，不過由於實在太無聊了，我終於忍不住買一個回來打發時間。

正當我津津有味地觀察牠們的生態時，手機響起。剛按了接通鍵，就聽到一個懶洋洋的、讓人覺得欠揍的聲音傳入耳中。

「臭小子，有工作了。」是我名義上的老闆楊俊飛。

「哦。」我心不在焉，依然目不轉睛地看著螞蟻辛勤勞動的身影。

「資料已經寄到你的 Mail 裡，後天出發。」

「哦。」我依然只是哦了一聲。

「靠，不管你了，要死不活的聲音聽了就煩。這件 Case 記得早點搞定，Bye！」

老男人說完便掛斷了電話。

我隨手將電話扔到床上，繼續一動不動，懶洋洋看著眼前的螞蟻工坊。人類啊，永遠都是忙碌的生物。

如果真有一天，可以像螞蟻這種也是一樣忙碌的生物般，簡簡單單的話，恐怕會輕鬆很多吧。至少，永遠也不會懂得，什麼叫做無聊。

你好，本人夜不語，是這本書的作者。是一個不太走運，經常會遇到些莫名其妙、怪異事件的男子。

我是個無神論者，不論遇到多麼詭異的事件，都會堅定地找科學依據。雖然許多時候，都難以將自己的經歷和現今的科學理論對應，但確確實實，許多現象都能解釋，需要的只是大量時間而已。

高中畢業後，我在老男人楊俊飛的偵探社裡打工。並在老爸的壓迫下，考取了德國基爾大學，就讀自然科學，現在正是大一學業最緊張的時候。這個節骨眼，沒想到居然有任務送上門！

有點猶豫到底是接還是不接。

大學的第一年裡實在曠課太多，如果最近的課時沒有混夠，自己恐怕就要被學校掃地出門了。雖然絕頂聰明如我，但還是稍微覺得有點麻煩。

我慢吞吞地走到電腦前，打開，收信，然後點開 Mail 裡的數據。只看了一眼，視線就再也沒有移開。

第二天踏上回國的飛機。

第一章 失憶

來到這個城市已經三天了，並沒有太多的收穫。我一如前幾天一樣，遊蕩在這個城市的大街小巷，漫無目的。

其實老男人給我的資料並不多，只是隱約提到這個城市連續發生了幾起怪異的死亡事件，都是非自然死亡，都是死狀匪夷所思，也同樣都是兇手難以找到。據推測，極可能是同一名兇手連續犯案。

但受害者與受害者之間，根本就沒有任何關聯性。當然，除了都是死狀很慘以外。這些都不是我接這個案子的原因，其實，為什麼會來這裡，為什麼要接手這件案子，我自己也不太清楚。只是有一種感覺，似乎，我非來不可。

我從來不信感覺，畢竟那種沒有科學依據的東西，實在很容易受當時情緒波動的影響。說不定那時候，自己只是為了給逃避課業一個藉口而已；雖然我並沒有任何需要逃避課業的理由。

但是，我卻來了。我的搭檔，那個三十多歲，還一副純情小女生模樣的老女人林芷顏，原本應該早我一天到達這個城市，但她卻至今都還沒有和我聯絡。

我打電話給楊俊飛，那傢伙只是意味深長地陰笑。「臭小子，別擔心那女人，就生存能力而言，她比你頑強得多。在同樣的狀況下，她的存活率恐怕永遠比你高。」

我深有同感，嗯，有些女人確實比蟑螂更頑強，特別是那個莫名其妙、犯賤到極點的林芷顏。於是將她徹底拋到腦後，一個人四處走訪調查。

透過楊俊飛的人脈，我看了資料上，那十二個人的驗屍報告以及屍體，他們的死狀千奇百怪，極富想像力，如果非要擠出些共同點，便都是情侶或者夫妻。同樣，每一對都死在一起，沒有任何一對落單。

有情婦、情夫的，還順便帶著他們一起去了極樂世界。看到後來，我的心慢慢涼了起來，確實，如果要說他們身後沒有殺人兇手的話，恐怕鬼都不信。

這些人的死法，沒有任何一個可以單獨成立。也就是說，任何一名死者，都不可能有殺死所有人後再自殺的先天條件。

我一遍又一遍咀嚼著這些天得到的訊息，一邊從樓下走過。突然有一個影子猛地從頭頂向我砸來，然後聽到周圍的人開始驚叫。

我的反射神經實在來不及躲避，被那東西砸個正著。那一剎那，時間頓時變得緩慢，我感受到來自臉部的擠壓感，脖子上還傳來骨骼的脆響。

靠，以前想過千百次自己的死亡方式，但從來沒有想到，居然會莫名其妙死於典型的「飛來橫禍」，這種死法實在太丟臉了。

我全身都麻木了，感覺不到疼痛，拚命地睜開眼睛，居然看到一雙純潔無瑕的眼睛，是一個大約三歲多的女孩子。她正坐在離我不遠處的地上，臉上沒有絲毫恐懼的樣子，只是開心地拍手笑著，好奇地看著我。

「妞妞喜歡吃雪糕，雪糕也想要吃妞妞。」那女孩子笑笑地衝我展開胖胖的可愛手臂，然後從嘴裡吐出了那串話。

我實在堅持不住了，眼前一黑，暈了過去。

醒來時人已經在醫院裡，脊椎依然很痛，不過並沒有被固定住，傷勢應該沒有想像中嚴重。有個女子坐在對面的彈簧床上，似乎熟睡了。

我的視線從模糊中，漸漸變得清晰，好不容易才看清那女子。

她看起來大概十七、八歲，化著很淡的自然妝，面容清秀，果然是睡著了。

我的左手纏著一圈透明管子，抬頭看了看，果然是點滴。看來自己確實沒有大礙，不過大腦裡模模糊糊的，記憶有點混亂，就像整個腦子都空空的，又像滿滿地裝載了許多東西，可惜想提取時用不上絲毫的力氣。

這種感覺非常不好受，於是我用右手狠狠地在腦袋上敲了幾下。

可能是我的動靜頗大，將對面的女孩驚醒了。

那女孩驚喜地看著我，開心喊道：「你醒了？」

我看了她一眼，記憶裡並沒有她的樣子。但她一副關切模樣，似乎和我很熟。難道她認識我？

「妳認識我？」於是我問。

「不認識。」她搖頭，不過語氣卻很興奮。「我是那個孩子的阿姨。」

「哪個孩子？」我疑惑地問。

她見我一臉茫然地看著她，眉頭略微皺了起來。「就是今天下午砸到了你的那個孩子。」

「所以我進了醫院？」我打量四周。

「嗯，是我姊姊送你進來的。」女孩笑著，明眸皓齒，比睡著時好看得多。

「順便提一句，姊姊就是那孩子的老媽。」

「哦，那妳們家小孩子怎麼砸到我頭上的？」這是間單人 VIP 病房，看來送我進來的人所費不貲。

女孩有點黯然，「那孩子最近的行為有點古怪，說話、做事都讓人摸不著頭緒。姊姊在朋友家作客時，她不知為什麼，偷偷爬上陽台，跳了下去。

「當時所有人都嚇呆了，還好你從下面經過，很有愛心地接住她，否則後果不堪設想。」

搞了半天，我是幫那孩子當了肉墊。不過，為什麼腦子一團混亂，什麼都想不起來？

她見我有些呆滯，於是伸出纖細白皙的手指了指自己。「對了，我叫時悅穎，姊姊有些事出去了，就叫我來照顧你。你呢？你叫什麼名字？」

我用力地擺了擺頭，苦笑。「說了那麼多，我能不能問妳一個問題？」

「你問。」她疑惑地說。

「我究竟是誰？」

頓時，這位叫時悅穎的小美女呆住了，許久才反應過來，結結巴巴地問：「你、你、你、你失憶了？」

「非常有可能就是這種傳說中的狀況。」我繼續苦笑。

她一眨不眨地看著我，看了我很久，才毫不猶豫地搖頭。「不可能，失憶的人哪有你這麼鎮定的！」

「妳以前見過失憶的人？」

「沒有，只是在電視裡看過。」她搖頭。

「那就對了，失憶的人或許根本就應該是我這種情況和反應才是正常，畢竟我現在失憶了，應該可以當作參考。」我慢悠悠地說。

「你真失憶了？」她睜大漂亮的眼睛看我，頭湊到離我眼睛只有零點零一公分的位置。

「如假包換，百分之百。」我點頭。

「老天，麻煩大了，剛才醫生還說你醒來後可能會失憶，現在居然真應了他的烏鴉嘴。暈死了！」這女孩似乎很無奈，她用手輕輕敲著額頭，然後走到病房的角落掏出手機打電話。

不久門被推開了，一名二十七、八歲的女人抱著有點眼熟的小孩，跟著穿了白袍的醫生走了進來。

那個中年醫生問了我一些莫名其妙的問題，然後臉色凝重地轉過身，衝年輕少婦和時悅穎說：「從現在的情況看來，這位先生的大腦恐怕受了點創傷。大概是腦震盪造成了短暫失憶，這種情況有點複雜，不過一般而言都會自行恢復。」

「要多久才能恢復？」我插嘴。

「看情況，也許是明天，也許一個星期，也許一個月，也許一年，總之會恢復，只是時間長短的問題。」中年醫生說。

頓時，我有種想飆髒話的衝動。不過看到對面兩位女士，臉上精采得像是打翻了五味瓶的表情，便硬生生地忍住了。

畢竟，雖然失憶了，不過自己還是文雅一點好。

那名少婦表情複雜地走到床邊，擠出一點笑容道：「不管怎樣，謝謝你救了我家妞妞，對了，我是這孩子的母親。先生請放心，在先生失憶的這段時間，我會照顧先生的生活，先生就先住在我家好了。對了，不知道先生貴姓……」

明顯知道自己說錯話的少婦，尷尬地笑著將自己的問句斷開，又道：「不好意思，先生請不要放在心上，先生一定會好起來的。」

由此斷定，看來，我果然是很倒楣的失憶了。

不過管他的，就算急，自己的記憶也回不來，隨遇而安就好。有意思，真不知道自己失憶前的性格，是不是很懶散，不然，哪會這麼怕麻煩。

收拾好東西出院，其實也沒有什麼東西。那少婦開著一輛賓士，顯然是有錢人家，嘿嘿，看來以後的生活能奢侈地過了。

我滿意地坐進後座，時悅穎抱著孩子，看我的眼神透著古怪。「喂，說實話，我還第一次看到你這麼奇怪的人。」

「我哪裡奇怪了？」我偏過頭看了她一眼。

「很古怪，全身都透著古怪，古怪得要命！」她帶著考究的表情打量我，「一副懶散，慢吞吞的性格，天塌不驚的，就算失憶了也不慌不忙，像是根本就不介意的樣子。難道你以前的人生壓根就不值得自己回憶嗎？一般而言，很多人失憶了都會感到很恐懼吧。」

「很簡單，或許失憶前的我，不是個普通人。」我淡淡地答道。

「很有可能！」她立刻興奮起來，「像你這種性格的人，以前不是不凡就是非常平凡。說不定你的職業很特殊。」

「這個世界還有很特殊的職業？」我頓時有了興趣。

「當然，這個世界可是很黑暗的。或許就在你身旁，你平凡的生活中，就隱藏著天大的陰謀和天大的秘密！」她興高采烈地說。

「那妳說說，我以前有可能是哪些特殊職業。」我問。

「看你這麼平靜無波，不驚不乍，遇事冷靜的態度。我看很有可能，你從前八成是……」她可愛地偏著頭想了想，「殺手，世界級的頂尖殺手！」

我頓時徹底無語，久久才冒出一句：「……小姐，您的想像力果然超人一等。」

「本來就是嘛。」她噘著嘴彷彿不滿意我的態度，「據說殺手都要有天塌不驚的鎮定能力。

「通過非人的鍛鍊，苦其心志，勞其筋骨，餓其體膚，空乏其身，行拂亂其所為，所以動心忍性，曾益其所不能。最後才能成為殺手！本小姐慧眼晶亮，你失憶前百分之百一定是名殺手，頂尖的，很厲害的殺手。」

「這些東西妳是從哪裡知道的？」我苦笑。

「V8 生活頻道。」

「那是什麼？」

正在駕車的少婦插嘴道：「專門播肥皂劇、教壞小孩的電視頻道。」

果然，難怪了。這女孩能把妄想力保持到現在，也實屬不易了，她父母居然忍得住沒把她送進精神病院去。

車行了半個多小時，終於進入了一處恢宏的社區，看外觀就透露著一股「不是一般有錢你就買不起我」的氣勢。然後車在一棟豪華的別墅前停住了。

我們四個人下了車，時悅穎在前邊帶路。少婦用遙控器打開別墅的門，笑著示意我們進去。

看來還真不是一般有錢的人家，嘿，以後的生活肯定很有意思。我犯賤地想著有的沒的，大跨步走進屋內，突然一股惡寒猛地竄了上來……

那股惡寒很強烈，猛地滲入骨髓，我不禁打了個冷顫，身體搖晃了幾下，險些倒下去。身旁的時悅穎眼疾手快，一把扶住我。

「當心！看來你的身體果然沒完全好。」她見我能自己站穩了才放開手。

「或許有點吧，剛才頭突然暈了一下。」我見她們似乎都沒有太大的感覺，只有那少女懷中的小女孩，很興奮地衝天花板揮舞手臂，彷彿見到了有趣的東西，便裝作不經意的樣子，緊了緊外套問：「不覺得這間屋子有點冷嗎？」

「哪有，你看，溫度計顯示二十五度，正好是最適合人體的溫度。」她笑笑地從玄關鞋櫃上，拿起一個電子溫度計。「我看是你身體太虛了，這樣可不行哦，這樣弱怎麼能保護自己喜歡的女生。」

「是是，等我找到了，我一定好好鍛鍊身體保護她。」我敷衍地搭著話，目光開始在房子裡掃視。

這棟洋房很大，從外邊看大概佔地三百坪，除去花園等，主體建築面積或許超過兩百七十坪。客廳是挑高設計，約有一百坪，天花板很高，可以看到二樓排列著許多房間。

「喂，別發呆了，我帶你去你的房間。」時悅穎伸出手在我眼前晃了晃。

「哦，好。」我點點頭，跟她從對面的旋轉樓梯走上了二樓。

奇怪，這棟樓並沒有什麼值得大驚小怪的地方，建築很新，有點仿哥德式建築，屋齡應該還不到三年時間。三年，並不會讓一棟建築給人陳舊蒼老的感覺，但為什麼我總覺得這地方，有一種不太對勁的氣氛，似乎哪裡有問題。

更奇怪的是，為什麼自己能感覺到，而其他人若無其事，根本沒注意到的樣子。還有自己為什麼會這麼在意？

真不知道沒失憶前的自己，是幹哪一行的，對環境如此敏感，就這點而言，說不定真被那個搞笑的時悅穎說對了，我還真的是個殺手呢！

我們在二樓左轉角第二間停下，時悅穎打開房門指了指。「這就是你的房間，以前是客房，不過從來沒有人住過，便宜你了，恢復記憶前你就住這裡吧。」

「沒問題，麻煩妳了。」我難得客氣地謝了一聲，然後轉身進房。

這間客房佈置得還不錯，大約十二坪，家具家電一應俱全。床很大，就算沒有躺上去，一看就知道是高檔貨色，睡起來肯定很舒服。

我將厚重的天藍色窗簾拉開，屋後的花園立刻露了出來。花園裡燈火通明、花團錦簇，打理得很精緻，看來是有專人負責修剪。

舒服地坐在落地窗旁的咖啡椅上，一轉頭就看到時悅穎像跟屁蟲一樣站在我身後，不禁驚奇地問：「妳怎麼還沒走？」

「人家還沒叮囑完嘛。」她坐到了我對面道：「我家早飯八點整，午飯十二點整，晚飯六點整，如果錯過的話，可以叫傭人幫你做，不用客氣。」

「嗯，好。不過，我聽妳說這似乎是妳姊姊家吧，怎麼一副妳也住這裡的樣子？」我問。

「很遺憾，我就住你隔壁房間。」她用手撐住頭，「不說這些了，我們還是來幹正經事吧！」

「正經事？現在的不算？」我疑惑道。

「當然，我們來調查你的身分，嘻嘻，你不是失憶了嗎？身上總會有一些證明你身分的東西吧，來，全部翻出來，我幫你總結總結。」這女孩果然神經有問題，一提到自己所謂的「正經事」就不禁兩眼發光，說著還伸手往我口袋裡掏。

「慢，算我怕了妳，我自己來！」我連忙躲開，無奈地將身上所有的口袋都翻了一次，將東西全掏出來放在桌子上。

她興奮地一件一件整理著，甚至哼著小曲。

我隨身帶的東西實在少得可憐，一目了然，很快就被清理完畢。時悅穎掰著指頭邊調查邊數，「鑰匙一串，錢包一個、票據一疊，鑰匙總共有一、二、三、四……共十五把，錢包裡有三千六百五十一塊錢，國際信用卡一張……」

她數得很仔細，最後鬱悶地仰倒在床上大叫了一聲。「什麼嘛，根本就普通得要命。」

「廢話，妳以為會有什麼？」我皺眉。

「一般而言，殺手的話，都會有他固定的標誌，例如一支紅色的金屬玫瑰什麼的，你身上居然什麼都沒有。」

她氣呼呼的，似乎全都是我的錯，偏過頭去似乎想了想，這女孩又翻身起來，拿起我的外套和鞋子。

「喂喂，這位大小姐，您又想幹嘛了！」我再次陷入迷惑。

「哼哼，本小姐可是個天才，糊弄不了我的。」她嘟噥著，「殺手的東西怎麼可能放在外邊，流於一般形式，我應該破開外相看本質，電影裡，那些職業道具，都是藏在衣服夾層和鞋子後跟裡的。」

搞了半天，她根本就沒有為我的記憶擔心過，只是因為好奇，真把我當殺手了！

結果，當然是什麼也沒有找到。

這位女孩頓時氣呼呼地背對著我，嘟著嘴生悶氣。

我的天，本來自己失憶，已經夠可憐了，為什麼偏偏還要遇到這種怪異的女生。老天可憐可憐我，給我一道雷劈直接把我送上奈何橋吧。

「其實，從這些東西上，也能看出些端倪。」我咳嗽了幾聲，果然，這天真的傢伙，注意力立刻又轉向我。

「例如這些東西裡，居然沒有任何可以證明我身分的證件。也就是說，我出門時並沒有特定的目的，只是出來瞎轉。

「我暈倒時是禮拜三下午，還在上班時間，既然我能瞎轉，就證明我並沒有工作，至少沒有在本地工作。」我說道。

時悅穎果然上鉤了，「聽你口音就知道不是本地人，國語過於標準了。」

「不錯，既然我不是本地人，那我到這裡來幹什麼？」我引導她。

「嗯，大概是旅遊吧。不過，更有可能是執行任務，刺殺某個重要人物。」

無限鬱悶。這傢伙還死咬著認為我是殺手，算了，不和這種胸部大沒見識的小女子一般見識。

「就當我是來旅遊的吧，當然，事實上一定是。」我拿起那串鑰匙，掏出一把遞給她看。「妳看這是什麼？」

「上邊寫著二〇六，啊，一定是旅館的鑰匙。」她高興地拍手。

「沒錯，這應該是我入住旅館的房間鑰匙。妳再仔細看，這把鑰匙有什麼不同？」

「很普通的鑰匙啊，至少和我家的鑰匙有點異曲同工的地方。」女孩疑惑地看了又看。

「不對，肯定有不同的地方。」我指著鑰匙，「妳有沒有住過酒店？」

「當然。」

「那妳覺得酒店的鑰匙和這有什麼不同？」

「嗯，酒店大多都是用磁卡，很少用鑰匙。」她答道。

「沒錯，但我住的地方用的卻是鑰匙。」我笑。

「啊，我知道了！」時悅穎興奮地道：「你入住的一定是很便宜的旅館，只有那裡才會用鑰匙開門。」

「對了一半。」我點點頭，「妳再看鑰匙的造型，妳不是說過和妳家裡的有點像嗎？」

「對啊。」她用手指抵住下巴想了又想，「便宜旅館應該用不起這種昂貴的門，但你住的地方又是用鑰匙開的。或許、可能是國際性的連鎖酒店！」

「很對！這個城市一共有幾家國際性酒店？」我滿意地問。

「這個……」她答不上來了，隨手打開不遠處的筆記型電腦查了查。「六家。」

「那，有哪家附近有個叫森魯連鎖超市的？」我翻出錢包裡的一張收據問。

「希爾頓，是希爾頓大酒店！」時悅穎激動地幾乎要跳了起來，「哇，我知道了，你就住在希爾頓大酒店的二〇六號房裡。」

我也笑了，內心稍微有些激動，看來只要去一趟酒店，自己從前的身分就能揭曉了，也能知道自己究竟是怎樣的人，從事怎樣的工作，父母是誰，有著怎樣的人生了。雖然從失憶到現在，自己並沒有驚惶失措，但還是有點心煩意亂的。失憶，果然很麻煩。

時悅穎激動了好一會兒，這才意猶未盡地拉著我。「走，我們現在就去希爾頓。」

「現在太晚了吧。」我看了一眼窗外，「而且，我不急。」

「但我急。」她語速快得像是連珠炮，「這樣我就能知道你的身分了。」

「妳對我那麼感興趣？」我撓撓頭。

「當然！不、不對！」她臉上掠過一絲淡淡的紅暈，「才、才不是呢，只是對你的身分感興趣。之前我以為你是殺手，現在看來，哼哼，你那一番清晰的推理，讓我更好奇你的過去了。」

「哦，妳對我的從前有所改觀嗎？」

「算是有吧。」

「說來聽聽？」我坐直身體一副期待的樣子。

「你恐怕是比世界頂級殺手還要頂級的殺手，簡稱頂頂頂級殺手！」

……算了，還是讓我當頂級殺手就好了吧。

我鬱悶地正想發話，突然，又一股惡寒襲來。我猛地向花園的方向望去，只見花園裡飛快掠過一道綠色的影子，速度很快，快得只在視網膜上留下一道殘影，便消失得杳無蹤跡，讓人很難不懷疑看到的會不會是錯覺。

第二章  痕跡

「妳有沒有看到？」我緊張地一把抓住時悅穎的手臂。

「你弄痛我了！」她嗚了一聲，朝我視線的方向看去。「看到什麼？明明什麼都沒有！」

「不對，一定有什麼。我應該不會眼花的！」我死死地盯著花園看。

「大哥，你失憶了。萬一你失憶前，根本就是個超級散光加近視眼呢？只是因為失憶，你一時忘記了！」她撇了撇嘴巴。

我搖搖頭，「我們去花園看看。」

「不要，那麼晚，傭人還以為我們去幹什麼呢，我可是個清清白白的小女孩……」

不等她囉嗦完，我已經拉著她跑下樓，從一樓後門進了花園。

這個後花園並不算很大，但很有立體感，而且用兩公尺高的籬笆樹牆隔開，顯得很深邃，至少一眼看不到全景，不如在樓上那麼一目了然。

我和時悅穎順著籬笆牆隔出的路向前走，好不容易才在迷宮中認出方向，來到我望見綠色影子的地方。

這地方在花園裡算得上是最中心的位置，種著許多時令鮮花，而且還有個爬滿青藤的小木亭，木亭四周撒滿乾淨的海沙，很有一種別致的味道。

「你看，明明什麼都沒有，你現在死心了吧？」時悅穎氣呼呼地衝我說。

「不對，總覺得有什麼地方不對。我在樓上看的時候不是這樣的！」我皺著眉頭，不斷地向四周打量。

「沒什麼好奇怪的。設計這座花園的是一位很出名的設計師，他都說這座花園是他這輩子的巔峰，以後再也設計不出比這更新穎、更有特色的花園了。

「在上面俯瞰和身臨其境，原本就是兩種感覺，第一次來的時候，我也有一種不協調感！」時悅穎滿不在乎地道。

「我不是說感覺，而是這裡實實在在有些不對勁的地方。」我用手抵住下巴，思考了一陣子，然後向四個方向轉了一圈。「明明覺得有點不一樣，但偏偏形容不出來。」

這個處於花園中央的空間呈五角星狀，亭子在最中間的位置，這樣的設計在空中俯瞰，和身臨在花園中，確實會有不同的感覺，但卻並不是讓我在意的地方。

不知為何，那道從花園裡猛地劃過的綠色身影，總是在我的腦海深處纏繞徘徊，揮之不去。

突然，我的視線凝固在木亭周圍的沙子上。

「這是什麼東西？」我蹲下身，沙子上清晰印著四道兩對很對稱的痕跡，每道大約有三十多公分長。

「可能是傭人的掃帚留下的吧。」時悅穎看了看道。

「不對，應該是某種昆蟲的足跡。」我搖頭，伸出手臂在每道痕跡上比了比。「而且是一種只用四隻後腿，便能支撐起身體的昆蟲。」

「胡扯，哪有昆蟲能長這麼大個子的！」她嘲笑道：「那個……嗯，小奇奇，你是不是失憶後，就連宇宙常識都忘光了！」

「妳剛才叫我什麼？」我詫異道。

「小奇奇啊。」她答。

「為什麼要叫我小奇奇？」我疑惑地問。

「廢話，你一天到晚老是好奇這好奇那，一副好奇心旺盛，而且還很有邏輯、很能唬人、很正兒八經的，說些莫名其妙的東西。再說人家還不知道你的名字，只好自己發揮豐富的想像力，幫你取個十分貼切的名字了，唉，我容易嘛我！」

她的語速又連珠炮似的竄個不停，繞得我腦子都混亂了，說完，一句不停的繼續道：「對了，小奇奇，對我取的名字滿意嗎？」

「廢話，怎麼可能滿意！」我抗議。

「好，就這麼決定了，從今天起你就叫小奇奇。」她高興地拍手，哼著歌唱道：「小奇奇，小奇奇，小小奇奇……」

我、我怎麼就這麼倒楣，失憶了還遇到一個瘋女子。

「哦，對了，小奇奇，繼續剛才的話。來，姊姊教你這個宇宙的常識！」這個十七、八歲，毛都沒有長齊的小屁孩，居然在我面前自稱姊姊。老天，她父母怎麼管教孩子的！

時悅穎蹦蹦跳跳的，跑到沙地上的痕跡前，屁顛屁顛地用手臂比了個叉。「這個宇宙的常識其實很簡單，第一，地球上根本就不可能有這麼巨大的昆蟲。

「你看看，牠的腿都有三十公分長了，那整隻昆蟲還不大到一公尺多兩公尺？而且，那麼巨大的昆蟲，體重應該很重才對，怎麼可能在沙地上留下這麼淺的痕跡。」

她又用手抓了一把沙子，得意地繼續推理。「你看，這裡的沙子可是很厚的，深一公尺多，而且用的是海沙，很柔軟的。真有那麼大的昆蟲，還不在沙子裡留下個半公尺多深的痕跡。」

這小妮子，從理論上來講，說得很有道理。我低下頭想了想，然後抬頭苦笑，至少，我想不出話來反駁她。

「好了，肯定是你失憶的後遺症，以後就會好的。」時悅穎拍著我的背，用著安慰的語氣。「小奇奇，好好睡一覺，明天本小姐帶你去希爾頓酒店逛逛，把你的行李拿回來，你就知道自己是誰了，也能和你的家人聯絡了！」

「妳不是一直認為我是殺手嗎？」我奇道：「怎麼現在妳的口中，我一下就變平凡了？」

時悅穎嗤之以鼻，「哼，殺手難道就沒有家人了嗎？」

也對。算了，或許那道綠色影子，真的只是失憶的後遺症吧。

和時悅穎一起來到二樓，就要進房間時，她突然從身後叫住我。

「那個……」

「嗯？怎麼了？」我回頭。

她卻又搖了搖頭，「沒什麼。」

她突然笑了，笑得很開心，就像花突如其來地綻放，綻放得十分燦爛。「遇到你真好，小奇奇。嘻嘻，晚安，小奇奇。」

說完，她就用力地關上了房門。

這個瘋瘋癲癲的女孩子。最後的那句話，我可不可以理解成，「遇到你真好，我總算找到個可以捉弄的對象了」呢？

記得看過一個故事，說是曾有人做過實驗，將一隻最兇猛的鯊魚和一群熱帶魚放在同一個池子，然後用強化玻璃隔開。

最初，鯊魚每天不斷衝撞那塊看不到的玻璃，奈何這只是徒勞，牠始終無法到對面去。

但實驗人員每天都會放一些鯽魚在池子裡，所以鯊魚也沒缺少獵物。只是牠仍想到對面去，想嚐嚐那美麗的滋味，所以每天仍是不斷地衝撞那塊玻璃。

牠試了每個角落，每次都是用盡全力，所以總是弄得傷痕累累，有好幾次都渾身破裂出血。這樣的情況，持續了好一些日子，每當玻璃一出現裂痕，實驗人員就會馬上加上一塊更厚的玻璃。

後來，鯊魚不再衝撞那塊玻璃了，對那些斑斕的熱帶魚也不再在意，好像牠們只是牆上會動的壁畫。牠開始等著每天會固定出現的鯽魚，然後用牠敏捷的本能進行狩獵，好像回到海中不可一世的兇狠霸氣。

但這一切只不過是假象罷了，實驗到了最後階段，實驗人員將玻璃取走，但鯊魚卻沒有反應，每天仍在固定的區域游著。牠不但對那些熱帶魚視若無睹，甚至當鯽魚逃到那邊去，牠就會立刻放棄追逐，說什麼也不願再過去。

實驗結束了，實驗人員譏笑牠是海裡最懦弱的魚。

可是失戀過的人都知道為什麼。牠怕痛。

不知為何，昨晚我一直在作夢，夢見我就是那隻鯊魚，我不斷撞擊著玻璃，因為我被囚禁了起來。這棟別墅就是那個池子，我看得到外邊，但卻出不去，別墅外有一層玻璃一樣的東西，不管我怎麼努力，也沒辦法出去。

醒來後，陽光從窗外灑進來，暖洋洋的很舒服，我坐起身體，用手撐住額頭。真是個奇怪的夢，難道沒有失憶前的我也失戀過？又或許，是常常失戀？所以我才對失憶處之泰然。難道恢復記憶後，我就會很痛苦？

搖搖頭將這些奇怪的想法甩開，我苦笑起來。怎麼可能！雖然不知道失憶前自己的性格，但和現在應該差別不大才對。自己這樣的人，怎麼可能會因為害怕失戀的痛苦而選擇逃避呢？

看看對面的鐘，居然已經十點了，這一覺睡得還不是一般地沉。就在這時，門外傳來了一陣粗魯的敲門聲，聽這聲音，根本不用想就知道，是某個姓時名悅穎的秀逗雌性哺乳類生物。

還沒等我去開門，她已經闖了進來。

「快快，居然睡到這麼晚！」她一副衣冠不整的樣子，想來也是才起床，匆匆忙忙穿上衣服便過來騷擾我了。

「總要讓我洗漱一下嘛。」我咕噥著。

「只准三十秒哦。」她看著手腕上那只精緻的手錶。

「喂喂，不是吧，三十秒鐘怎麼漱口？人家世界牙醫協會都證實過，漱口低於三分鐘，就根本殺不死口腔裡的細菌！」我鬱悶。

「那不干我的事，細菌又不長我口裡。」她一副滿不在乎的樣子。

「萬一妳想要和我接吻呢？」我嘿嘿怪笑著，伸出右手穿過她肩膀以上十公分的位置，將她抵在牆和我之間。

「誰、誰、誰會想要和你那個、那個……」她結結巴巴說著，臉色頓時紅得像是要滴出血來，看起來誘人無比。變成玫瑰色的清秀臉龐微微垂下，長長的睫毛撲閃撲閃地抖動著，好一陣子才反應過來，立刻氣惱道：「啊！你耍我。」

「沒有啊，我剛才其實是這輩子最認真的時刻。」我哈哈大笑著說違心話。

「壞死了，哼，不想理你！」時悅穎氣呼呼地嘟著小嘴，狠狠在我腳背上踩了一下。

哎喲，痛！女人啊，怎麼不管是誰，換了什麼年齡，都一樣喜歡使用暴力！

就這樣打鬧著，原本吵著要我三十秒鐘搞定的某人，害我花了三十分鐘才洗漱完畢，吃了早飯走出大門時，都快要十一點了。

昨晚來的時候天很黑，周圍的環境沒看得太清楚，現在出門才發現，別墅處在一個景致很好的地方。

這個社區不知道叫什麼名字，但沿路卻有一排排不斷向前延伸的梧桐樹。初秋的天氣不算很冷，但梧桐樹葉已經開始枯黃，一片一片的葉子在微風中飄落到地上，已經堆積了不薄的一層。

「很漂亮吧。」時悅穎的語氣裡透露著得意，也不知道她在神氣些什麼。

「我最喜歡梧桐樹了，特別是梧桐樹葉飄落的時候，感覺很滄桑很淒涼，但卻很美……對了，小奇奇，你知道嗎？梧桐樹從前叫做鳳棲木，是每五百年便浴火重生一次的鳳凰棲息的地方。」

「這個我知道。」我點頭，「直到現在人們還常說『栽下梧桐樹，自有鳳凰來』，有錢殷實的富貴之家，常在院子裡栽種梧桐，不僅因為梧桐有氣勢，而且梧桐是祥瑞的象徵。」

「哼，怎麼什麼浪漫的東西到了你嘴巴裡，就變得一丁點情調都沒有了？」時悅穎不滿地伸手掐了我一下。

「我能怎樣，只是實話實說罷了。」我十分無奈，想了想又道：「這位美女，能不能和妳商量件事情？」

「你說，本小姐視心情好壞，判斷答應與否。」

「能不能不要小奇奇、小奇奇地叫我，難聽死了！」

「不要，絕對不要，完全不要，根本不要。我就喜歡叫你小奇奇，這個名字多有創意！」時悅穎嘻嘻哈哈地笑著，自顧自向前跑去。

我極度鬱悶，突然，一股寒意再次襲了上來。

我猛地轉身，身後什麼怪異的現象也沒有，只看到時悅穎的姊姊抱著孩子正要走進家門，彷彿感覺到我的視線，她回過身，衝我笑了笑。

奇怪，最近自己是怎麼了，為什麼這個地方給我一種無所適從的感覺？彷彿，有什麼超出常理的東西在附近徘徊著，但卻只有我能感覺到。

難道，這也是失憶的後遺症嗎？我向前走了幾步，卻又猛地停住，飛快地跑出大路，在一個角落蹲下。

「你怎麼了？」時悅穎困惑地在我身旁蹲下。

「妳看看。」我指著地上的痕跡說，這些痕跡有四道，跟昨晚在別墅花園裡看到的，類似昆蟲的足跡一模一樣。

「沒什麼奇怪的嘛，不就是些痕跡，會用掃帚的又不只我們一家。」她不屑地道。

「有誰會沒事跑到這麼偏僻的地方，用掃帚掃出這種痕跡？」我不置可否，用手臂丈量了一下痕跡的長度和寬度。「而且這痕跡和昨晚看到的，無論從長度上還是寬度上，都是一樣的。應該是同一種東西弄出來的。」

「這又關我們什麼事？」時悅穎用力地拽我，「現在的地球可是個和平到令人乏味的世界，不會有那麼多事情非要我們過問的，還不如早點解決你的問題。」

這番話似乎也是很有道理。對，自己的問題都還沒解決，過問這種類似子虛烏有的東西幹嘛？

沒有再多說，我和她走出社區，坐上計程車向希爾頓酒店去。

到了酒店我們直奔二〇六房。將門鑰匙插入鑰匙孔，隨即聽到一股微弱的電流聲，電腦似乎正在識別鑰匙的真偽，然後是「喀」的一聲，門鎖開了。

我和時悅穎推門走進去。希爾頓飯店的二樓，都是很普通的單人房。

這間也同樣如此，簡單的家具，一台電視，一張舒服的大床，大床被收拾得乾乾淨淨，房間裡一塵不染。只是，彷彿少了點什麼。

時悅穎左看右看，「咦」了一聲，奇道：「小奇奇，你的行李呢？」

我不斷掃視四周環境，咖啡色的毛茸茸地毯鋪滿整個房間，衣櫃在床的左邊。打開後，裡邊只有一些備用的床上用品。

我將那些東西通通扯了出來，裡邊便空空蕩蕩的，什麼也沒有了。走進浴室，裡邊的設備也同樣一目了然。馬桶、浴缸，根本沒有任何藏得下大件東西的地方。

房間裡果然找不到我的行李。

我苦笑著坐到軟軟的床沿上，時悅穎也坐了下來，在我旁邊小聲問：「你說，會不會出門時你沒有帶行李？」

「四種可能。」我轉頭看她，「一種是我就住在本地，只是為了圖新鮮或其他什麼原因，在這家酒店租了個房間，由於離家很近，我當然不會帶行李；第二，失憶前的我，出門壓根就沒有帶行李的習慣；第三，已經超過租房時間，我又沒有退房，酒店把我的行李移出去；第四，我的行李全被偷走了。」

「嗯，似乎四種都有可能。」時悅穎冥思苦想的樣子很可愛。

「沒錯，不過我們還能用點排除法。」我緩緩道。

「我應該不是本地人，聽口音就知道，而且昨天推測過我沒有在這裡工作，既然沒有在這裡工作，我幹嘛還住這裡？所以我是外來人口，第一個可能去掉。

「至於第二個可能……對了，能不能把妳的手機借給我用用？」我問。

「幹嘛？」時悅穎疑惑地將手機遞給我。

我伸手拿過來，熟練地操作著手機，撥號，掛斷，發簡訊，然後還給她。「妳看，我能熟練地使用手機。」

「這有什麼，現在的人，除了特別窮的，誰沒有手機？」她更加不解了。

「這就是問題！」我解釋道：「既然我能住希爾頓大酒店，我當然不窮。而且，我能熟練地使用手機，證明我肯定是有手機的。問題是我們昨天調查我的隨身物品時，居然沒有在我身上找到手機！那，我的手機又到哪去了？」

「對啊。」時悅穎興奮地拍手，「從你被我的小外甥女砸到後，你的隨身物品就一直保管得好好的，絕對沒有遺失。」

「沒錯。既然是這樣，也許我出門只是想溜達一下，為圖方便，沒帶手機，但沒料到會飛來橫禍，自己倒楣的失憶了。

「如果真是這樣，就算我沒有行李，房間裡應該也會留下一支手機才對。所以，第二個可能扔掉。」

「第三個可能我知道，也不對，要扔掉！」時悅穎神氣地抬頭，彷彿在參加益智類搶答節目。「希爾頓大酒店是跨國連鎖酒店，他們標榜的就是一切為顧客服務。就算你的房間到期，而你的東西忘了拿走，酒店也會將那個房間保留十五天，直到找到你，或者期滿後，再移出房間想辦法聯絡失主。」

「那就只剩下最後一個可能了。」我的目光再次掃視過四周，緩緩道：「妳仔細看看房間的地面，有沒有什麼特別的發現？」

她立刻低下頭，看了好一會兒才沮喪地搖頭。「除了地面是長毛絨地毯，咖啡色的，我什麼都沒發現。地毯很乾淨，早上可能有清潔人員打掃過。」

「多看看。」我站起身在地毯上用力踩了踩，「妳看，長毛絨地毯有個特點，就是有壓力時，毛絨會被壓下去；如果壓的時間長了的話，毛在短時間裡是不會恢復原狀的，就會在上面留下一些痕跡。」

我在房間裡走來走去，最後在床的右側，靠窗戶的地方停了下來。「妳看這裡。」

時悅穎驚訝道：「真的，真的有很大一塊痕跡。就像，就像……」

她一時形容不出來。

「就像緊靠在一起的兩個箱子，一個躺著放，一個立著放，對吧？」我提醒。

「對，就是那樣。」她激動得語無倫次。

「或許這就是我的行李，看來第四個猜測的可能性最高。」我苦笑，「看這些痕跡的深度，行李應該是在昨晚以後才拿走的。奇怪，究竟是誰，為了什麼偷走我的行李呢？」

時悅穎偏過頭來看我，「說起來，越來越覺得你神秘了！」

「怎麼？」我回看她。

「你看看，失憶了還能保持鎮定，像個沒事的人似的，有著超強的推理能力，不知為何旅遊到這裡，還有，現在居然有人偷走你的行李。」她掰著指頭數起來。

「兩個大箱子一起偷走，裡面肯定藏著某個驚天動地的大秘密。否則一般小偷拿了值錢東西便溜，哪會費這麼大工夫將箱子，連帶換洗衣服一起偷走的？所以，你肯定不是普通人，或許，你真的是個殺手，世界頂級殺手。」

「又來了。」我摸著額頭，很是苦惱。「為什麼我非得是殺手，就不能是偵探什麼的！」

「也有這個可能。」時悅穎眼睛頓時一亮，「太有趣了，跟著你，生活肯定不會無聊。」

說著說著，她突然露出一副怕怕的表情。「說起來，你肯定知道了什麼驚天地，泣鬼神的秘密，不然怎麼有人那麼費盡苦心，偷走你的所有東西。都這樣了，我們會不會有危險？」

「什麼危險？」我沒好氣地問。

「就像電視裡那樣，一顆子彈『啪』的一聲打過來，把玻璃射穿，打在我們背後的牆上。或是有人拿著狙擊槍站在制高點，跟蹤我們然後伺機射殺？」

她的表情實在說不上是激動還是害怕，這個小女生，看來是生活太安逸，缺少刺激，性格都變得扭曲了！

「小姐，妳九流下三爛電影看多了，生活中哪會發生這種事，就連我這種失憶的人都知道這種簡單明瞭的世界常識……」

就在這時，有什麼東西呼嘯著，伴隨玻璃破碎聲射入房間。我反射性地將她撲倒在地上，倒地時迅速向上看了一眼。

是子彈，真正的子彈。那顆子彈從斜上方射出，擊破了玻璃，打在高我頭部約五十多公分的地方。

「走，快走。」我對槍枝沒有任何研究，不過就算研究過，也預估不到下一顆子彈會從什麼時間、什麼方位射中我或者時悅穎的腦袋，於是推著她連滾帶爬地逃出門。

好不容易才爬入走廊，不顧來往人們怪異的目光，我和時悅穎背靠著牆大口大口地吸氣。

倒楣，這是什麼世道？難道失憶前的自己，真的發現了某個驚天動地、可以改變世界格局的秘密，有人偷了我的行李，現在還想殺我滅口？這、這也太不符合邏輯了吧！

不過，那顆子彈可是真的，管他邏輯不邏輯，命只有一條，還是保住小命要緊。

原本還想去查查酒店紀錄和信用卡資料的，看來這條路也行不通了。

如果真的去查，危險性也會大大增加。靠，第一次有種迫切的願望，想要知道自己失憶前，究竟是個什麼樣的人了！

一路上時悅穎都沒有說話，但全身發抖。這小妮子第一次遇到這種情況，想來差點被嚇死吧？她以後大概再也不敢纏著我了。對了，我還回她姊姊那裡嗎？會不會連累她們一家？

正想著，時悅穎突然緊緊抓住我的手。

「太、太刺激了！」她興奮地手舞足蹈。

鬱悶！還以為她在害怕，這傢伙，根本只是興奮過度罷了。

見我目瞪口呆地看她，時悅穎抓住我的手更用力了。「決定了，本小姐一定要將這件事查個水落石出。不然、不然、不然我就不姓時！」

徹底無語了。她的神經究竟是什麼做出來的？

不過，果然，事情越來越棘手了……

不會那麼倒楣，活不到記憶恢復的時刻吧？

第三章 凌遲梳洗

「小奇奇，知道什麼是『梳洗』嗎？」

「女子的梳妝打扮？」

「當然不是女子的梳妝打扮，我說的『梳洗』是一種極為殘酷的刑罰，據說它是用鐵刷子把人身上的肉，一下一下地抓梳下來，直至肉盡骨露，最終嚥氣。

「梳洗之刑的真正發明者是朱元璋，據沈文的《聖君初政記》記載，施行梳洗之刑時，行刑者會先把犯人的衣服剝光，讓他裸身躺在鐵床上，再用滾水往他的身上澆個幾遍，最後用鐵刷子一下一下刷去他身上的皮肉。

「就像民間殺豬，用開水燙過後去毛一般，直到把皮肉刷盡，露出白骨，而受刑人多半等不到最後，早早就氣絕身亡。

「梳洗之刑與凌遲有異曲同工之妙。據《舊唐書．桓彥範傳》記載，武三思曾派周利貞逮捕桓彥範，將他放在竹槎上拖行，肉被刮盡，露出白骨，最後才將他杖殺。」

經過驚險的一幕，我們上氣不接下氣地在大街上繞圈，確定沒人跟蹤後才偷偷潛回家。剛進房間躺著，這小妮子就衝了進來，還說了以上一番莫名其妙的話。

「為什麼想到這個了？」我奇道。

「你看這張報紙。」她將一份城市快報遞給我，「頭版。」

我定睛一看，只見報紙頭版頭條，寫著這樣的一行字：昨日凌晨青楊社區，兩男兩女遭殺害，死狀恐怖，疑似遭到古代酷刑「梳洗」。

本報訊：昨日凌晨二點四十分，青楊社區B棟發生一起兇案。三十三歲男子慘死家中，兇手用鐵刷將余某身上的肉，一下一下地抓梳下來，直至肉盡骨露，最終嚥氣。

當地派出所說，死者在社區開了一家小吃部，兼做屠夫賣豬肉。警察昨日凌晨接獲報案後，立即趕往案發地點，抵達時余某早已氣絕身亡。

據警方描述，現場情狀淒慘，死者余某不僅遭到「梳洗」，頭部和頸部也被人用屠刀砍了八、九刀，只剩下一點皮肉將頭部與身體連在一起，余某的陰部則被割了三刀。法醫相驗後，已排除自殺的可能。

據了解，余某與三十歲的妻子周某，育有一女。警察在調查中發現，余某跟妻子關係一直不好，經常吵架、打架。

警方判斷余某的妻子周某，有重大嫌疑，但當找到周某時，才發現周某也已經死亡。周某死在自己的「女友」家中，其「女友」則滿身鮮血昏倒在一小樹林裡。

誰是兇手，警方正在偵查中。

凌晨四點五分，記者接獲爆料後，立即趕往事發現場。在現場看到一名穿黑色長裙的中年女子，滿臉是血斜躺在小樹林的樹椿上，脖頸的氣管已被刀片切開十幾公分長的口子，手臂動脈多處被割斷。

女子的喉嚨和嘴角邊，還在不停地流血，身上也有被「梳洗」的情況。趕來的醫療人員和警察，迅速將昏迷不醒的女子送往醫院搶救，不過很不幸，死者在到院前死亡。

據一名鄰居解釋，女子名叫李紋，今年三十七歲，是附近有名的同性戀者。與她相戀一年的女友周某，也就是余某的妻子，才死在她家的臥室內。

記者隨後與警察來到距余某家三百多公尺外，社區A棟的李紋家。透過窗戶看到，一名年輕女子側臥在臥室的地板上，地上全是血，臥室內電視機仍開著。

鄰居張某向記者講述發現的經過。當日凌晨兩點左右，她回家時走過李紋家，見後門開著，她便好心喊了兩聲提醒，但卻無人答應，張某聽見有電視聲音，以為李紋在臥室內看電視，便推門進屋，卻看到一女子血流滿面側躺在地。張某趕忙跑出去喊人，幾名玩牌的鄰居聽到呼喊聲後趕來，一看發現倒地女子是住對面樓的周某，再細看，周某全身多處被利刃捅破，身上傷痕慘不忍睹，已經停止了呼吸，鄰居見狀立即報警。

李紋父親傷心地告訴記者，女兒和周某既是鄰居又是多年好友。由於女兒沒有結婚，周某的婚姻並不幸福，於是兩人經常睡在一起。

老人幾次找女兒談，希望她能醒悟，可每次談完後冷淡個幾天，女兒就又將周某喊來同居，為此，老人傷透了心。

近幾年，女兒見周某漸漸疏遠自己，經打聽得知，周某開始與丈夫和好，她很傷心，幾次作梗，導致周某和丈夫的和解不能成功。

警方認為，有可能是李紋心灰意冷下，對周某和余某產生了殺意，最終展開行動。

「如果兇手是我女兒，作為父母，我們希望她受到法律的制裁，我們是管不住她了。」李紋父親傷心地對記者說。

至於兇手究竟是不是李紋，警方現在還無法斷定。就在案件沒有新的事證之際，又一名死者出現在青楊社區B棟。

凌晨五點左右，就在余某家樓上，二〇三號又發現一具男屍，據警方稱，該男子由於吸食過量白粉致死。

記者約三十分鐘之後趕到時，警方已現場勘查完畢，二〇三室外的鐵門敞開著，但裡面木門緊閉，空氣中瀰漫著一股臭味。物業公司的工作人員陪同三位警察上來勘查二〇三室，半個小時後，警察從樓上下來。

「我在樓梯上碰到警察，他們看我有點害怕，就安慰我說：『不要害怕，人已經死了，晚些時候會有人來處理。』」物業公司黃小姐說，當時她還聽到其中一位警察打電話給同事，稱有一個吸白粉的人死在該棟樓內。

同樓業主鄧小姐說，死者為一名張姓男子，今年三十五歲。「聽鄰居說，他以前是個很不錯的人，有一個能幹的妻子和可愛的兒子，自從吸毒後，家境開始衰落。」

去年該男子的妻兒離他而去，「他吸毒後把錢都花完了，找不到工作，就經常從垃圾桶裡撿剩飯拿回家吃，搞到整棟樓都很臭。」

為此，同樓住戶多次向派出所和社區委員會投訴，但該男子依舊無動於衷。「今天派出所警察再次來巡查時，發現他已經死在家裡。」

目前，具體情況警方正在進一步調查中。

據傳，此名男子因為吸食白粉、妻離子散後，最近更患上了精神障礙，常常懷疑有人要加害他，自己將房門反鎖，就連熟悉的家人也不願開門，家中的燈則不分晝夜地亮著。

那一天恰巧警方因為佘某的死亡，在整棟樓裡蒐集證據，卻發現怎麼敲門都無人回應，透過鄰居才得知，這名男子已經把自己關在家中足足兩個多月了。無奈之下，警察只好請求增援。

當地消防隊迅速趕到現場，幾名消防員爬上頂樓，用繩梯從該居室的陽台進入屋內。一位在現場參加救援的消防員告訴記者，進入室內後，救援人員發現臥室門虛掩著卻無法推開。

救援人員進入室內後發現，那名男子就坐在門後的雜物旁，已死亡多日，屍體呈乾屍狀。不過死狀卻極為怪異，法醫雖判斷死因為吸毒過量致死，但死者身體上卻有許多「梳洗」的傷痕。

而且在死者房間，發現了其與周某的親密照片，疑似有過不同一般的來往。佘某、周某、李紋、張姓男子，身上都發現用鐵刷子梳過的痕跡，這與古代酷刑——「梳洗」極為相似。

而且四個人互有關聯，周某是佘某的妻子，而周某同時又與張姓男子和李紋有染。不知道四人死亡的原因，究竟會不會與此有關。

本報會繼續關注此新聞，請留意本報近期報導。

實習記者：怡江

我看完報紙坐在床沿上發愣，許久都沒有言語，總覺得腦袋裡有一種想法要迸發出來，可是那種思緒實在太縹緲了，我捉摸不到。或許，這些東西和失憶前的自己有所關聯吧。

「你怎麼了？」時悅穎伸手在我眼前晃了晃。

「沒什麼，發呆。」

「只是發呆？沒有想到點其他什麼的？」她把頭湊近我的視線範圍，「例如，你不會很好奇嗎？居然死了四個人，兩男兩女，而且死亡的方式都一模一樣，我熱血沸騰了，本小姐一定要去查個水落石出。」

「嚴格來說，他們的死亡方式並不相同，余某、周某、李紋都是刀傷致死，而張姓男子是吸毒致死，相同的只有一點，便是他們身上都有酷刑『梳洗』的痕跡。還有，余某的妻子周某與李紋、張姓男子有曖昧關係。

「所以，有可能是余某受不了了，乾脆殺了其餘三人洩憤；也有可能是張姓男子、李紋不甘周某離開他們，於是殺了其餘的人；當然，還有可能是周某覺得沒意思了，殺了所有和自己有曖昧關係的人，以及自己的老公後自殺。」我皺眉。

「你這樣說等於白說，根本就找不出先後順序嘛，何況，這樣一來四個人都有嫌疑了。」時悅穎鬱悶道。

「當然不是，還有一種可能，一種可能性最大的可能。」我搖頭。

「說！」她不客氣地坐到我身旁。

「或許，他們之中沒有一個人是自殺，也沒有一個人是兇手；或許，兇手另有他人，這四名死者，不過是單純的受害者罷了。」我低聲道。

「但報紙上並沒有寫這種可能。」時悅穎拍了拍報紙。

「這個世界有許多事情，報紙上不會寫，警方更不會說，這種淺顯易懂的道理，就連我這個失憶的人都很清楚。」我笑了笑，看著報紙上的一處。

「實習記者怡江」這個名字自己居然有點印象，她應該和我有所關聯吧。要不要去找她呢？

就在此時，那股熟悉的惡寒又猛地出現了。那股惡寒從腳底竄入了頭頂，我只感覺全身的寒毛都豎了起來。

然後，一陣敲門的聲音傳了過來……

進來的人是時悅穎的姊姊，她穿著睡衣裹著被子，滿臉驚恐地看著我們，大聲叫道：「剛才你們有沒有感覺到什麼？」

「沒有啊，難道有賊？」時悅穎疑惑地看著她。

「我被鬼壓床了，剛才！」她瑟瑟發抖，原本甜美的聲音也在顫動，像是喉嚨被掐住了一般，啞啞的。「我剛才在床上睡午覺，突然覺得四周很壓抑。

「像有什麼東西，狠狠跳在了我身上，很沉，壓得我喘不過氣來。於是我拚命睜開眼睛，居然看到一個綠色的龐然大物站在我身上。」

綠色的東西，昨晚我在花園裡也見到過一個綠色的影子，難道是同一種東西？我猛地抬頭，問：「具體來說，那東西是什麼樣子？」

少婦想了想，「那東西樣子很怪異，不過身影卻模模糊糊的，根本看不清楚。我掙扎著，好不容易才坐起來，等我到處去找那個東西時，它已經不知道哪去了！我想，一定是鬼壓床！」

「姊姊，我看是妳睡覺時壓住心臟了！」時悅穎安慰道：「世界上哪有鬼。」

「不對，最近我老是被鬼壓床，那東西一直壓著我。而且身影一次比一次清楚，說不定、說不定下一次，我完全看清楚它的模樣時，就是我的死期了！」

她姊姊怕得用力抓住身上的被子，開始歇斯底里起來。「最近不知道怎麼回事，似乎全世界都變了。整個家陰陰沉沉的，妞妞也行為怪異，喜歡胡言亂語，妳姊夫更是……」

她嘆了一口氣，沒有再說下去，但她那番話，確實讓人背脊發涼。

「姊姊，我看是妳最近神經緊張，為這個家操勞過度，實在太累了，出去散散心會好一點。」時悅穎體貼地走過去按摩姊姊的肩膀，「明天我陪妳去購物，我們大家都放鬆放鬆。」

她姊姊麻木地點點頭，被她哄回床上繼續午覺去了。

過了不久，時悅穎又回到我房間。

「小奇奇，你說這個世界上，是不是真的有鬼？」她的聲音有些沮喪。

「為什麼這麼問？」我疑惑道。

「因為姊姊被鬼壓床了。」她抬起頭看我。

「可笑，鬼壓床這種事很常見，而且有一定的科學道理。所謂『鬼壓身』，絕對不是鬼在壓床，更不是鬼纏身，事實上是罹患了睡眠障礙。『鬼壓身』，在睡眠神經醫學上，是屬一種睡眠癱瘓症。

「患者在睡眠當時，呈現半醒半睡的情境，腦波是清醒的波幅，有些人還會有影像的幻覺，但全身肌肉張力降至最低，類似『癱瘓』狀態，全身動彈不得，彷彿被罩上金鐘罩般，也就是一般人所謂的『鬼壓身』。」

「但她的鬼壓床很特別，而且不是一次兩次，最近真的很頻繁。剛開始的時候是晚上，現在就連白天睡覺時都有發生，姊姊從前不是這樣的，她最近特別容易睡著，被鬼壓床時，還常常帶著強烈的情緒……」她皺著眉頭。

我思忖片刻道：「有一種『猝倒型猝睡症』的患者，最常發生這種『鬼壓身』的狀況，此型患者隨時可以入睡，隨時呈現半醒半睡情境，經常產生『入睡幻覺』，夢見怪異的人、事、物。

「患者清醒的時候，每當興奮、大笑，或憤怒，會有突然感覺全身無力而倒下的情況。

「據說有一位中年婦女，常發生這種『鬼壓身』的情況，睡眠品質不好，以為上班時間工作壓力大，下班後家務太繁重，後來辭去工作，減少家務，結果睡眠並未改善。

「心理醫生為她做二十四小時多功能睡眠生理檢查，在午夜睡眠時，患者突然感覺一股莫名其妙的力量直逼全身，夢境怪異恐怖，想叫又叫不出來；想起身，或張開眼睛，卻無法動作；心中一直想說話卻無法開口，發不出聲音；全身肌肉張力癱瘓，耳邊一陣陣嗡嗡作響，一陣陣的力量壓在胸腔，自己無論如何使力，都使不上力，掙扎數分鐘後，才終於能緩緩使力，直到驚醒，發現滿身大汗。

「心理醫生又為她做五次『多次潛睡試驗』，在睡眠結束前數分鐘，發生兩次睡眠癱瘓，突然全身不停地輕微抖動，無法出聲，她又發生鬼壓身的現象了，此時旁人立刻用手碰她，她隨即清醒恢復正常。

「此婦女在未就醫之前，就常告訴枕邊人發現她有上述情況時，馬上叫她一聲或拍她一下，讓她清醒就沒事了。」

「真的不是鬼怪引起的？」她小聲問。

「真的！」我沒好氣地回道：「要知道，我們的睡眠週期，依序是入睡期、淺睡期、熟睡期、深睡期，最後進入『快速動眼期』，也就是俗稱的作夢期。

「睡眠癱瘓，主要是提早出現快速動眼期的關係，導致在快速動眼期的階段協調不一致。事實上快速動眼期的階段，身體本質上是呈現出休息狀態，而且和大腦的連結信號也暫時中斷。

「這是一種防禦措施，這樣人體就不會將夢境實現在真實生活裡，例如夢見打人時，就不會真的付諸行動，對枕邊人拳打腳踢。

「當睡眠神經癱瘓時，大腦卻從睡眠休息中復甦，來不及和身體重新連結，使人處於半睡半醒狀態。夢境與實現互相交錯，導致身體與大腦發生不協調的情況，此時全身肌肉張力最低，所以會造成想要起來，卻起不來；想用力，卻使不出力的狀況，這是『鬼壓身』最常有的情形。

「一般而言，壓力過大、太過焦慮、緊張、極度疲累、失眠、睡眠不足，或有時差的情況下，睡眠會提早進入快速動眼期（作夢期），而發生『鬼壓身』——睡眠癱瘓的情況。

「這種情況任何年紀的人都會發生，大多數發生在青少年時期，很少有人連續發生。除非經常發生，須向睡眠醫師尋求協助外，只要對此症狀有所認識，倒不必過於憂慮。

「據美國的研究報告，有百分之四十至五十的人，一生中至少會經歷一次睡眠神經癱瘓（鬼壓身），人數比例不算低。

「所以，當妳遇到『鬼壓身』，大可不必焦慮不安，去找所謂的『高人』解厄運。明白了睡眠的真相，自可心安理得，高枕無憂。」

我想了想，「說起來，妳姊姊最近是不是遇到了一些很難解決的問題，令她的情緒受到很大波動，以至於疑神疑鬼，甚至莫名焦躁？」

時悅穎沉默了半晌，似乎不願意多提。「可能是感情上的原因，姊夫他又外遇，正和姊姊鬧離婚。

「從第一次鬧離婚開始，妞妞也變得奇怪起來，行為舉止很怪異，而且嘴裡常常咕噥著什麼『妞妞喜歡吃雪糕，雪糕也想要吃妞妞』的話，真的會讓人心力交瘁。」

「可能就是這些因素造成的吧，妳多陪陪她，慢慢就會好起來的。」我被她的情緒感染，也有點黯然。

「謝謝。」時悅穎勉強地笑了笑，突然用手托著下巴默默地看我，眼中帶著一絲古怪的神色。

「幹嘛？」我被她看得不自然起來。

「小奇奇，你真的失憶了嗎？不會是騙我們，混到這裡來白吃白喝白住的吧！」她怪聲怪氣地問：「你看你，推理能力超強，還能隨口說出一大堆我聽都沒聽說過的知識，這種狀態也叫失憶，那我也想失憶試試。」

「抱歉，我是真的失憶了，雖然也不排除失憶後無親無故，勢力單薄，想找個地方先騙吃騙住的嫌疑。」我聳了聳肩膀。

「算了，真失憶也好，假失憶也好，總之我也不在乎。嘻嘻，橫豎我也是在這裡混吃混喝的人，沒資格說你啦。」

她笑得很開心，站起身向門外走去，走到門口又轉過身來，輕聲道：「對了，昨天忘了說這句話。歡迎你到這個大家庭混吃混喝混住……真的，希望能一直這樣下去，一直……」說完她頭也不回地跑掉了。

第四章 雪糕

這晚，我又作了一個夢，夢見我是被困在樓裡的鯊魚，不管怎麼掙扎，都沒辦法從樓中掙脫。這個夢似乎有別的什麼深意，又像在拚命提醒我某些至今還沒有注意到的地方。

我用力從床上坐起，只覺得滿身大汗，異常的熱。打開床頭燈，用力大口大口地呼吸著空氣，急促跳動著的心臟好不容易才平緩下來。

抬頭看看鐘，才凌晨三點十一分，但卻感覺自己怎麼樣都睡不著了，便打開房門走出去，準備到花園裡瞎溜達一下。

走過時悅穎姊姊的臥室前時，我猛地停住。只見門邊不遠處的木地板上，赫然有一道一公尺長的痕跡，痕跡筆直，像是用鋒利鋸齒飛快割出來的。

這是怎麼回事？我晚上接近十二點時才睡，那時候還沒有看到這道鋸痕。這痕跡十分明顯，我不可能忽略。

也就是說，痕跡是我睡著以後，才割出來的。

但如此大的鋸痕，又是在硬度極好的紅木地板上，就算用電鋸割開也極不容易，何況是與地面平行的割出這麼長一道痕跡。

就算有人趁著大家熟睡時開始割，但聲音呢？為什麼沒有人聽到一丁點噪音，就連我也如此。想要鋸出這種裂痕，用膝蓋想都知道，發出的聲音一定非常的大，但假如真的發出聲音了，為什麼又沒有任何人被吵醒呢？

這究竟是怎麼回事？

就在這時，有個白色物體猛地向我滾了過來，原本就神經緊繃的我，嚇得摔倒在地上，連滾帶爬地向後翻了幾下才躲開。

那個白色物體停了下來，然後發出了「咯咯」的低啞笑聲。聽聲音像是個小孩子！我定睛一看，居然是時悅穎的小外甥女——妞妞。

「妞妞喜歡吃雪糕，雪糕也想要吃妞妞。」妞妞躺在地上滾來滾去，一邊笑著，嘴裡一邊含糊不清地說著這句話。

這小女孩，她不是一直和她媽媽在一起嗎？究竟怎麼出來的？而且我正在她母親的臥室前，門一直都沒開過。也就是說，她早就從房裡溜了出來。

我走過去將她抱起來，好奇地問：「妞妞喜歡吃雪糕嗎？」

「嗯，最喜歡了！」妞妞一直在笑，開心地點頭。

「我從前也喜歡吃。」我逗她，「但雪糕為什麼也想要吃妞妞呢？雪糕是好東西，從來不會想要吃妞妞的。」

「不對，不對，雪糕想要吃妞妞，最想吃妞妞了。」妞妞的頭搖得像是撥浪鼓似的，「雪糕說妞妞吃完它時，就輪到它吃妞妞了。」

這番話是什麼意思？難道雪糕不是那種冰冰涼涼、甘甜可口的東西，在她的心中，是另一種擬人的物體？

還是說她曾經看到過什麼，或者一直都看到什麼？不是說小孩子的眼睛是這個世界上最純潔的東西，看得到世間的一切污穢嗎？又或者，她口中的「雪糕」，一直都是她想像出來的朋友？

我嚥了一口唾沫，輕聲問：「妞妞，雪糕是什麼呢？」

「雪糕就是雪糕。」她笑笑地捏著我的臉，這小孩還真不怕生。

「那雪糕總有樣子吧，它是什麼樣子？有多高？有多大？長得像什麼？」我緩緩誘導她。

「雪糕有那麼大！」

她用手在空中虛畫出一個我無法理解的寬度。

「那麼高！」

又是一個無法理解的高度。

「長長細細的，有三雙腿，全身綠綠的，樣子模模糊糊，妞妞老是看不清楚它。」妞妞說著說著，突然開心地指著我身後。「你看，叔叔，你看，雪糕就在你後面。」

頓時，一股惡寒從腳底飛上背脊，刺骨涼意在身體的血管裡亂竄著，我止不住地全身打顫，只感覺頭髮都快要豎起來。那種恐懼實在無法用言語形容，我咬緊牙關，緩緩回頭望過去，但身後卻空蕩蕩的什麼都沒有。

也不知道是不是自己眼花，轉過頭的一瞬間，我看到一個綠色影子，在牆的拐角處一閃而過。

我長長吸了一口氣，好不容易才將狂跳的心臟穩定下來。如果心臟每天都這樣擔驚受怕，恐怕要不了多久我就會嗝屁吧。

妞妞「咦」了一聲，「雪糕為什麼跑掉了？叔叔，雪糕是不是在害羞？」

「可能是吧，雪糕一定不想讓別的人看到它。」

我強撐著笑將她放在地上，就在這時，她突然哭了起來，嚎啕大哭，哭得整間房子似乎都在顫抖。

所有人都被吵醒了，燈光一盞一盞亮起，二樓和一樓陸續傳來開門的聲音。

我有點手足無措，說實話，我並沒有對付小孩哭聲的經驗。只好傻傻地，蹲下身問：「妞妞，妳怎麼了？」

「妞妞怎麼了？」時悅穎的聲音從我身後響起。

我頓時如同溺水的人抓住了救命稻草，「不知為什麼她就哭了起來。」

「一定是你欺負她了。妞妞乖，我們不理那個大壞蛋！」時悅穎衝我嘟嘟嘴，將妞妞抱起來。突然，她驚訝地道：「這是什麼？」

「妳也看到那個像鋸齒的痕跡了？」我這才發現自己剛巧把妞妞放在了那道痕跡上。

「別管那道痕跡，你看，這是什麼！」時悅穎結結巴巴道，整個身體都恐懼得僵硬起來。

她將手湊到我眼前，只見她手上被一種紅色液體染得極為鮮豔，那些紅色液體還在不斷往下滴，不是從時悅穎手上，而是在妞妞身上，不斷地滴下，滴在地上，匯流成一道彎曲蜿蜒的小河。

「妞妞！」一道撕心裂肺的驚叫聲響起，是時悅穎的姊姊。她滿臉恐慌看著地上的血，拚命將妞妞搶了過去。「妞妞，親愛的，哪裡來的血，哪裡來的血！妳千萬不要出事，媽媽就只有妳了，如果妳有什麼三長兩短，媽媽也不想活了！」

她用力在妞妞的身上撫摸，像是在找傷口。

「媽媽，妞妞沒事！」妞妞的聲音清脆響亮，絕對不像受了傷。

「時女士，請放心，妞妞沒有受傷。」我輕輕拍了拍她。她頓時全身癱軟坐倒在地上，想了想，又像不放心的樣子，將妞妞全身脫光檢查了一遍又一遍，就連手指腳趾都數了好幾次，也沒找到一丁點傷口。

「奇怪了，既然妞妞沒有受傷，那她身上的血究竟是從哪裡來的？」時悅穎詫異地道。

我從地上撿起妞妞的外套和內衣，這件外套已經浸滿了血，但內衣上的血卻少了很多，這說明血是從外面滲進去的。那究竟血的來源又是什麼呢？

就在我的目光四處掃視時，又一聲驚叫傳來，只見一名年輕女傭臉色慘白，顫抖地伸手指著離我們不遠處的地面。所有人都緩緩看過去，頓時，全部人都呆住了。

那道猶如鋸齒狀的裂口處，正不斷向外冒著鮮血，鮮豔的血液呈現深紅色，伴隨著越來越刺鼻的腥臭味。血的顏色漸漸變深，像是膿腫的傷口冒出的體液，噁心得讓人想吐。

「悅穎，從花園裡拿一把鐵鍬來。」我強自鎮定，大喝了一聲。「其餘所有人都回房間裡去，該幹什麼幹什麼！」

這一叫頓時把所有人都吼醒了。女傭嘰嘰咕咕地向樓下走去，時女士用力抱住自己的女兒，不想讓她看到這幕令人恐懼的畫面。

時悅穎怕得要死，用力抓著我的衣角，細聲說：「我、我怕，不敢一個人去！」暈倒。自己一時間忘了，她不過是個普通女孩子罷了，鐵鍬在花園邊的工具間裡，普通人遇到這種事情當然不敢去拿。

「那妳照顧好妳姊姊和妞妞。」我衝她點點頭就向樓下跑去。

從別墅主建築到工具間要穿過花園。這個用籬笆植物編織出的迷宮，我雖然走過兩次，但這一次的感覺卻特別複雜。

有一種詭異氣氛，不只縈繞在別墅裡，就連花園迷宮中都瀰漫著，一股寒風吹來，我用力裹緊外套。初秋的夜很涼，而今晚特別的涼，涼到了寒冷的程度。

突然，有道綠色影子猛地撞進我的視線範圍，我用力眨巴著眼睛，果然有一道影子，綠色的，就像昨晚看到的那個。只是它給我的感覺，稍微有點不太一樣，似乎，影子變得清晰了……

我停住腳步，不敢發出任何聲音。那影子不斷在花園裡來回衝刺，就像在捕食獵物，它模模糊糊的，卻不是因為速度快的緣故。

而是、而是它本身就是一個模糊的整體。那東西只是一道虛影，並不像實物。如果非要形容，它或許更像一隻拖曳著影子的昆蟲！

突地，那道虛影又在我眼前消失了，無影無蹤，就如同它莫名其妙、毫無徵兆的出現時一般。

我這才發現自己早已全身僵硬，虛汗打濕了整件內衣。

那東西究竟是什麼？我沒有辦法判斷。

但今晚發生的怪異事件，時女士經常發生的鬼壓床，妞妞嘴裡叫著的「雪糕」，是不是都是同一種東西，就是這個鬼玩意呢？還有，為什麼自己覺得它比昨晚更加清晰了，就如同時女士夢中的情況一樣。

「那東西一直在壓我。而且它的身影一次比一次清楚，說不定、說不定下一次我完全看清它的模樣時，就是我的死期了！」

不知為何，我想起時女士昨天下午對我們說的話。看來，這東西既冰冷又殘忍，來到這個家恐怕並不是帶著善意的。

抓緊時間從工具房裡拿出鐵鍬，趕回房中，我用力將帶著那道裂痕的幾塊木地板挖開，但卻什麼都沒有發現。

地板下就是水泥地面，雖然也有血跡，但卻很少，明顯是從上邊滲透進去的。這就意味著，能夠滲透出血液的地方，就只有那不足兩公分，薄薄的一層木地板？

不可能！那麼薄的地方，根本就沒有任何空間，能夠容下如此大量的血液。那，血液究竟又是從什麼地方冒出來的呢？

下去。

就在我冥思苦想時，大廳的電話突然響了起來。時女士接起來一聽，頓時又倒了下去。

「怎麼了？」我奇怪地問。

時悅穎接過電話，臉色變得慘白，許久才回答道：「姊夫死了，就在剛才，凌晨三點十九分！」

有人說，死亡是作為疾病的一種轉歸，也是生命的必然規律；生命的本質是機體內同化、異化過程這一對矛盾的不斷運動；而死亡則是這一對矛盾的終止。人體內各組織器官的同化、異化過程的正常進行，首先需要呼吸，循環系統供給足夠氧氣和原料，尤其是中樞神經系統，耐受缺血缺氧的能力極差，所以一旦呼吸、心跳停止，就會立即引起死亡。

但時悅穎的姊夫，死亡卻有一點異常。具體異常在哪裡，我會在後邊提到。

現在時家全亂了，所有人都坐在客廳裡一言不發，等著警方過來調查。

「究竟是怎麼回事？」我見整間房子都瀰漫著一種壓抑的氣氛，便開口問。

「不知道。」時悅穎回答得很乾脆，經過早先的驚訝以後，現在的她似乎變得無所謂起來。

「那妳姊夫是怎麼死的？」我又問。

「不知道。」她搖頭，撇了撇嘴。「不過那種男人，死了也無所謂。」

說起來，我在這裡住了兩天多，確實沒見到過這裡的男主人。剛開始還以為時女士是個寡婦，後來才知道丈夫的工作很忙，很少回家。不過見傭人言不由衷的樣子，裡邊恐怕有點見不得人的問題。

客廳中再次陷入了沉默，沒有人主動說話，所有人就這麼坐著。時女士緊緊抱著自己的孩子一言不發，臉上的表情五味雜陳，實在沒辦法從她臉色中看出任何信息，因為，表露出的信息實在太多了。

過了不知道多久，才有一個穿著西裝的人走進別墅。這個男人什麼都沒有說，只是把一份像是資料的東西遞給時女士，然後迅速走了。

時女士低頭緩緩看著，看完，又一言不發地走上樓，回到寢室裡。

周圍不知是人還是環境，透著一種壓抑，讓人喘不過氣來。時悅穎看了我一眼，然後從沙發上拿起資料，看完後又隨手遞給了我。

我好奇地接過來。這是一份影印的新聞初稿，居然能夠拿到這種東西，看來時女士的人脈關係還不是一般的龐大。

寫這篇新聞的是個女子，看落款，又是那個讓我熟悉的怡江，她的文字很纖細秀麗，令人如沐春風，但她寫出的新聞卻令人不寒而慄。

原文如下：

本報訊：一男一女，一富豪一情婦，這對情侶持刀互砍、雙雙落井，女子慘死，男子縫兩百多針後宣告不治。

警方封鎖事發現場，已進行勘查採證。

鄰居眼裡好好的一對準夫妻好情侶，轉眼間雙雙死亡。

今天凌晨兩點左右，本市西路一社區內發生血案：一對平時十分恩愛的情侶突然反目成仇，雙方拿刀互砍，女方慘死在社區天井內的一口井中，男方隨後也投身井內，搶救無效後死亡。

兩名死者渾身都是刀傷。

今天凌晨三時多，記者看到現場站滿了警察，出事的房屋四周也圍起警戒線，不時有警察進進出出。

記者從門外看到，出事房屋不遠處就有一個天井，天井內亂七八糟堆放了許多雜物，在天井一側，有一口井，直徑不到一公尺的水井。據附近鄰居說，這對情侶就是在井附近出事的。

「女的已經死了，人現在躺在屋子裡，身上蓋著白布，從井裡撈起來時身上還有很多刀傷。」據死者的鄰居張先生說，就在一個多小時前，兩人雙雙投井，男的三十歲左右，姓楊，女的只有二十多歲，外地人。

兩人差不多同居一年多了。

「這個男人說自己以前離過婚，他和前妻還有個小孩，今年三歲多，這個女的是後來找的，兩個人去年同居，好像還沒結婚。

「今天早上我只看到鄰居馬先生在叫救護車，那兩個人則躺在天井內水井旁邊，身上到處是傷，地上還有血。」

據鄰居透露，落井前他們曾互砍。

住在離楊某家不到五十公尺處的一名女子告訴記者，就在昨天早上七點左右，她路過楊某家門口時，還看見楊某和女友兩人，坐在門前的樹下聊天。

「當時兩個人還滿恩愛，有說有笑，根本就不像會出事。大概今天凌晨兩點多，我剛應酬完回到家沒多久，就聽到他們在吵架，於是我出去看看，很遠就望見他們兩人，手上拿著刀互砍，從屋外打到屋裡。

「當時我覺得是別人的家務事，也不好管就沒過去看，接著沒多久，就聽說兩人都投井了。」

該鄰居告訴記者，就在出事後十幾分鐘，救護車就趕到現場，經過醫生檢查，發現女方已經當場死亡，男方仍有呼吸，當即抬上車送往醫院急救。

死者頸部縫了兩百多針，搶救無效後死亡。

今天凌晨三點過後，記者趕到死者曾入住的醫院。據楊某的主治醫生說，楊某被送到醫院時，呼吸已經十分微弱。

「他的傷主要集中在頸部，脖子處被砍了七、八刀，最深的一刀刀口直入頸脖的三分之一處，已經傷及大動脈，再怎麼救也救不回來的。

「而且他身上還分布著一種鋸齒狀的痕跡，不好說是不是致命傷，不過傷口十分恐怖，我行醫這麼多年還是第一次看到。有可能兩人並不只用刀砍傷對方，還用鋒利的鋸子鋸過！」

醫生透露，手術進行三個多小時，光是頸部裡裡外外就縫了兩百多針。由於傷勢嚴重，最終仍沒能救回楊某的生命。

死者家屬還沒聯絡上，死者楊某疑似並未離婚。

「楊某對這裡的鄰居說，小孩才出生不到一年，就跟前妻離婚了！」

鄰居議論兩人事故的同時，不少居民對楊某女兒的未來表示十分擔憂。但當記者提及楊某並未離婚時，他們顯得十分驚訝。

據鄰居們說，楊某聲稱與前妻結婚後育有一女，由他母親代為撫養，女兒三歲左右。自從他一年前與現任女友同居後，兩人一直感情不和，經常為一些小事爭吵。

落井的原因，目前有三個版本。

就在記者向鄰居們詢問這對情侶吵架並落井的原因時，鄰居說法不一。

說法一：不堪經濟壓力。

鄰居馬先生告訴記者，他到現場時，兩人都已經出事，當時就是他把他們從井裡救上來的。他猜測楊某兩人是因為不堪經濟壓力，才喪失對生活的信心。「還不是沒錢，有錢誰會吵架，兩個人經常為錢吵架。」據馬先生說，楊某稱他們本來準備最近結婚，但經濟壓力非常大，而且父母也會隨他一起生活，兩位老人因為年紀很大，體弱多病，行動也已經不便。

但當記者告訴馬先生，楊某有多處豪宅別墅，且身家不菲時，他顯得難以置信。「這個人看起來老實，從來不顯富。」馬先生如是說道。

說法二：濫賭成導火線。

據在現場圍觀一鄰居所述，楊某平時脾氣並不好，有賭博的習慣，她猜測是因為男子賭博輸錢後心情不好，與女友發生口角才大打出手。「他女友也許覺得委屈就跳井了，男的大概看情人跳井後覺得愧疚，也就跟著跳了。」

記者隨後從該社區附近一名商店老闆口中得知，出事的前一天晚上，這對情侶曾在她店內打牌，當時兩人沒有任何要自殺的跡象。

而且以楊某的財力，賭博的輸贏並不看在眼裡。

說法三：逼死女友後自殺。

由於水井井口很小，除了以上兩種說法外，不少鄰居對於死者的死亡原因表示懷疑。據一位鄰居所述，他以前曾看過那口井，他認為女方的死十分可疑。「那口井井口好小，根本不可能兩個人同時跳下去，而且兩個人之前還用刀互砍，說不定是打架時男的不小心把女的逼下去，後來覺得自己脫不了干係，一害怕也跟著跳了。」

不管兩人的死法有多少可疑之處，終歸已然死亡，活著的人再怎麼揣測已無濟於事。只是不知道楊某還未離婚的妻子，和他的三歲女兒知道這個消息後會有什麼想法。

目前警方已著手進行調查，相信不久後便會有答案。本報會繼續追蹤報導，請關注本報最近的新聞。

實習記者：怡江

隨著這份新聞手稿的，還有幾張照片，照片上有一男一女，背景是停屍間。這對男女身上都有十幾道怵目驚心的傷痕，男人的脖子上還有一條極長的縫合痕跡。但這還不是最恐怖的，令人難以置信的是，男女雙方身上分布的、大量如同鋸子割過的傷痕。鋸齒很鋒利，切開肉如同熟練的人割開牛排似的，乾乾淨淨。

我打了個寒顫，臉色變得慘白起來。這些傷痕除了小一點外，居然和二樓木地板上突如其來出現的裂痕一模一樣！這究竟是怎麼回事？難道……

我內心深處隱約有一個很不符合邏輯與現實的猜測，但這種猜測卻盤踞在心裡一直難以消除。於是我轉頭問時悅穎：「妳能不能找到妳姊夫的頭髮，或者身體的某部位？」

「你要這些幹嘛，噁心死了！」時悅穎詫異地道。

「有用！」我答道：「妳不好奇二樓裂痕裡的血，究竟是從哪裡冒出來的嗎？」

「你的意思是說……」她似乎明白了我的意思，頓時全身僵硬，許久才拚命搖頭。

「怎麼可能！姊夫可是死在離這裡有三個小時車程的地方，他的血怎麼可能從二樓的木地板裡冒出來！」

「但妳不覺得奇怪嗎？」我用手敲著沙發。

「他的死亡時間是凌晨三點十九分，而我凌晨三點十一分醒來，於是來到走廊上溜達，發現了裂痕，然後和妞妞談了一下話。現在想起來，裂痕冒出血液的時間，正好是三點十九分，妳姊夫死亡的那一刻！」

時悅穎低下頭不語，顯然還是難以接受。

不要說她，就算是我，至今對自己的這個想法，也抱著很多的懷疑。但這件事上總是透著一層詭異，很難用常理去解釋，所以，姑且就聽信直覺一次吧。

她似乎也在動搖，最後什麼也沒說，走上樓進了她姊姊的房間裡，不久後拿了一件衣服出來。「這是姊夫的外套，你看上邊有沒有他的頭髮。」

我迅速找了一遍，還真找到幾根。從口袋裡掏出一個袋子，將頭髮和剛才收集到的血液放在一起。

「明天拿到黑市醫院驗 DNA，如果運氣好的話，三個小時就能拿到結果。」我說。

「這裡還有黑市醫院？」她驚訝道。

「每個城市都有黑暗的地方，黑市裡什麼都有，只要妳有錢，就連人的器官都能買到，更何況是驗個 DNA。」

「好，就算有吧，但你為什麼會知道普通人都不知道的東西？」時悅穎一眨不眨地看著我，「你不是失憶了嗎？」

對啊，我不是失憶了嗎？為什麼我會知道黑市，而且還清清楚楚明白它的位置。難道我沒失憶前去過，而且還經常去？突然一股劇痛從大腦深處傳了出來，痛得我難以忍耐，我抱住頭，倒在地上瘋狂地滾動。

「你怎麼了，小奇奇，你怎麼了……」

我聽到時悅穎驚慌失措的喊叫聲，但那個聲音卻離我越來越遙遠，越來越模糊，終於，我暈了過去。

第五章 螳螂（上）

所謂的昏迷，是程度最為嚴重的意識障礙，是高級神經活動處在高度抑制狀態。昏迷時，意識清晰度極低，對外界刺激毫無反應。

程度較輕者，防禦反射及生命體徵仍存在，嚴重者消失。昏迷既可由中樞神經系統病變引起，又可能是全身性疾病的後果，如急性感染性疾病、內分泌及代謝障礙、心血管疾病、中毒及電擊、中暑、高原病等均可引起昏迷。

但我的昏迷症狀明顯不同，至少，並非因為疾病，而是因為大腦的自我保護功能。這是我醒來後，時悅穎轉述醫生的話。

那我為什麼會失憶？

失憶原因可分為心因性失憶症、腦部受創和解離性失憶症，主要是意識、記憶、身分或對環境的正常整合功能遭到破壞，因此對生活造成困擾，而這些症狀卻又無法以生理的因素來說明。

患者不知道自己是誰，而且會經驗到有很多的「自己」。

現在，我確實不知道自己從前是誰，但我很清楚地確定，自己只有一個，沒有那種，被從前的記憶喧賓奪主，時不時改變人格的現象。

至少現在還不會。當然，我的大腦裡確實會在自己需要時，冒出一些不知道從什麼地方浮現的大量知識，那些知識往往唾手可得、十分方便，這也令我對從前的自己越發感興趣起來。

其實，我很想查清自己遺失的人格，但卻不由自主捲進了時家的怪異事件中，至今抽身不得。

我的行李究竟去哪了？是誰，又是因為什麼目的被偷走的？行李裡到底有些什麼？我從前是誰？為什麼會擁有如此豐富的知識？我花費那麼多的時間來學這些東西，又是為了什麼？而又是誰想殺了我？

大量的疑問在我躺在醫院的病床上安靜下來時，不斷湧出。我的好奇心如同熾熱的烈火，幾乎要將自己焚燒得一乾二淨，我的心裡癢癢的，恨不得立刻就跑出去調查清楚。

但理智告訴我，這件事並不會太容易，還不如將時家的問題，調查個水落石出後再做打算。畢竟時家的事，我也同樣十分感興趣！

我所在的病房還是自己被宣告失憶時的那一間，看來自己和這個房間還不是一般的有緣分。醒來時，時悅穎正坐在我身旁的椅子上，頭枕手臂，趴在病床上，看起來睡得並不好。

可能我坐起來的動靜很大，她立刻就清醒了，頓時展露出燦爛的笑容，用手揉著眼睛道：「你醒了？醫生說要不了幾個小時，你就會自己清醒，還真被他說中了。哼，要是你有什麼大問題，看我不拆了這家破醫院！」

……這個直率的女孩子，實在有個性到讓我無法理解，不過我倒是十分喜歡。

「我昏迷了多久？」我摸著額頭問，頭還是隱隱有點痛，人體真是奇妙啊，據說妞妞從樓上掉下來時，只砸到我的脊梁，並沒有直接撞擊到頭。但就因為這種非直接的衝擊讓我失憶了，還讓我時不時的昏迷一兩次。

「大概有七小時十九分零五秒。」她想也沒想就答了出來。

「那現在是十點過？」

「十點四十一分。」

「哦，妳姊夫的事有什麼進展嗎？」我的頭痛如同潮水一般退了下去，精神也好多了。

「沒有太大的進展，警方來過，例行問了些問題，做了筆錄就走人了。」時悅穎臉色有些古怪。

「怎麼，這件事裡還有些內情？」我立刻來了興趣。

「嗯，這個內情有些大！」她小心地看了看四周，湊到我耳邊小聲地講道：「姊姊有些人脈，有消息說，姊夫和他的婚外情情人或許不是自殺，兇手另有其人！」

「還有呢？」我繼續問。

見我不驚不乍的樣子，時悅穎反而驚訝起來。「難道你早就知道了？」

「差不多，從那篇新聞稿的描述以及照片上傳遞的信息，他們的死並不是兩個人可以做到的，肯定有第三方外力因素。」我淡淡道：「有注意到照片中屍體上那些不規則的鋸齒狀傷痕嗎？

「兩具屍體上都有出現，妳比對一下就知道，兇手的手法極為熟練，鋸齒部位俐落整齊，顯然出自同一人之手。假如他們用鋸子互砍對方，絕對不可能造成這麼相似到幾乎一模一樣的鋸痕。

「況且，男女力氣的差異本來就很大，還要排除躲避時的不可測因素。結論就是，肯定有第三者在現場，那個第三者很可能就是兇手。」

時悅穎這時才想明白，急忙掏出那份影印資料，就著照片一一對照。許久抬起頭來，臉色變得慘白。「那究竟是誰殺了他們？」

「不知道，或許是妳姊夫的仇家，也可能是女方的前任情人。總之，對方絕對是個殺人高手，面對那種情況，手居然都沒有一絲抖動。

「妳看他用鋸子割出的痕跡，就連一點刮痕都沒有。實在令人難以置信！」我緩緩說著：「說不定，是他們的仇家買兇殺人。」

「那你說，姊姊會不會也有危險？」時悅穎緊張地問。

「我不清楚，具體的事情，等會我們好好問問時女士。問問她這個家裡究竟發生了什麼事，她老公有什麼仇家。如果是她老公的仇家，她就有麻煩了！」

我思忖片刻，一個翻身下了床。「實在坐不住，有太多線索需要查，我可不能待在醫院裡生鏽。悅穎，幫我去辦退院手續，我們先去黑市一趟！」

從黑市回到時家時，已經過了下午一點，時女士帶著女兒不知去向，打她手機也聯絡不上，一直都是關機中。時悅穎有些心不在焉，於是我們坐在客廳裡看電視，氣氛很壓抑，沒人有心情說話，更不知電視裡在演什麼肥皂劇。

又等了半個小時，她的手機終於響了。她看了一眼遞給我。「是黑市醫院的。」

我迫不及待地接通，聽完後緩緩地垂下手。不知為何，有一種無力感蔓延全身，在這件超出常規與想像的事情上，我實在沒有辦法找到著力點。

「結果怎麼樣？」時悅穎的聲音在微微顫抖，想來她現在也非常緊張。

我用力吞下一口唾沫，聲音低啞地道：「根據檢測，頭髮和痕跡裡冒出的血液，屬於同一個人！」

「怎、怎麼可能！」時悅穎結結巴巴地說著，顯然難以接受。

我默然。時悅穎的姊夫楊名染，死在離這裡足足有三個多小時車程，相距差不多九十公里的地方。

就在他死亡的同時，他的血液居然從九十公里外，自家別墅二樓木地板上的一道傷痕裡，流出來，這件事情不管告訴誰，大概都不會有人信。

如果不是我親眼所見，親自採集的樣本，我恐怕也會認為，告訴我這件事的人，剛從瘋人院裡逃出來。但事實就擺在眼前，我沒有能力反駁。

「這究竟是怎麼回事？」時悅穎感覺很害怕，怕得湊到我身邊，拚命地想找個位置鑽進去。於是她鑽進了我懷裡。

「不要問我，我也很想知道。」我苦笑，輕輕用手拍著她的脊背。「但是妳不覺得奇怪嗎？據妳說，妞妞從前是一個乖巧的孩子，最近卻莫名其妙的開始行動古怪，還會說些令人搞不懂的東西。

「妳姊姊最近也常常被鬼壓床，睡眠品質很差，聲稱見到了一個綠色的影子，坐在她身上壓她。而我也不止一次看見有道綠色的虛影，在別墅附近出現。

「還有花園裡那個古怪的足跡。木地板上和妳姊夫以及情婦身上一模一樣的痕跡……我想，一切都有原因，只是那些原因我們還沒接觸到！」

「我們要什麼時候才能接觸到？等人全都死光的時候？」時悅穎有點情緒激動。

「我想，是時候好好問時女士一些問題了。」我想了想又道：「或許，她能給我們答案。」

正說著，門鈴聲就響了起來。

墨非定律說，當你越討厭一個人時，他就會無時無刻不出現在你的面前，而當你想見一個人時，又怎麼都找不到他。

這個定律恐怕對我無效，當我想找一個人時，不用刻意去找，那個人就自動送上門來了。

來的客人是一男一女。女的大約二十四、五歲左右，紮著馬尾辮，穿著白色休閒服，並不算漂亮，但卻給人一種幹練健康的感覺；男的有三十歲，北方人特有的高大結實。

「你好，我們是江陵早報的記者，我叫怡江，這位是攝影師，秦漢；我們想採訪這裡的女主人。」女性笑容得體，很爽快地說明了來意。

「妳就是怡江？」我有些驚喜。

「你認識我？」她彷彿並不那麼意外。

「算認識吧，只是我認識妳，妳不認識我罷了。」我哈哈笑著，「我最近都在看妳寫的新聞，很直觀，讓人有種身歷其境，很想繼續追蹤那些案子後續的衝動。」

「謝謝。」怡江被我誇獎得有些臉紅。

「好吧，我也開門見山好了，我知道你們的來意。」我坐在沙發上，示意他們坐下，不經意地給了時悅穎一個眼色。時悅穎很上道，站起身招呼傭人倒茶水，等茶端上來了，我才緩緩道：「你們是想來採訪吧，對不起，我們拒絕！」

「為什麼？」怡江身後的攝影師秦漢臉色頓時變得通紅，果然是東北大漢，性子直。

怡江衝他擺擺手，不慌不忙地問：「不知兩位怎麼稱呼？」

「她是時女士的妹妹時悅穎。」我指了指時悅穎，接著指指自己。「我是她的男友。」

聽到我將自己介紹為她的男友，時悅穎立刻羞得滿臉通紅，低下頭不承認也不否認。

「你們能代表時女士她自己嗎？」怡江細聲細氣地說，但言語卻有些咄咄逼人。

「當然能，畢竟時家是個大家族，大家族有個通病，就是害怕丟人。」我微笑著，緊緊盯著她的眼睛。「老公和人同居，留下她獨守空房，最後居然死在情婦那裡，這不算是一件值得宣揚的事，能不曝光，就沒有人想提及。

「我想，不管時女士的家族，還是時女士她自己，恐怕都不願接受採訪吧。」

「我想，這應該只是先生的片面猜測。」怡江聳了聳肩，「不如先請時女士出來，如果她實在不願意接受採訪，我們立刻就走，絕不強迫她。」

「先不談這個，我有個私人問題想知道，怡江小姐追著這條新聞線索，究竟是為了報社，還是為了自己的好奇呢？」我淡淡問。這個問題很有考究的地方。

今天凌晨我拿到怡江寫的新聞手稿，但今天的江陵早報上，卻沒有任何關於這件事情的報導，時女士的家族應該對報社施壓，將事件先壓下了，而怡江的新聞稿也被扣住。

在這裡不得不提及一下時女士的家族。時家在這個城市很有權勢。

他們的勢力在城市各個權力機關扎根，根深蒂固，盤根錯節，如果想要將一起小小的事件封殺住，實在是件不值一提的小事。何況，這件事原本就十分的不光彩。

「報社高層應該已經告誡過你們，不要再調查這件事，對吧？怡江小姐，我知道妳是個好奇心旺盛的人，但妳也並不會笨到，單純因為某個富豪權力家族的入贅女婿，慘死在情婦家中，就冒著丟掉飯碗的危險查根究柢。

「要知道，現在工作不好找，就算一個十分有才華，如妳一般的女強人，要再找回這份工作，也極度的不容易。除非，這個事件，確實值得妳固執的探究下去，甚至不惜丟掉工作。」

我笑得越發燦爛，「或許，這件事並不簡單，深奧到無法用常理形容！」

這次輪到怡江臉色慘白了，她看著我，許久才結結巴巴地道：「你究竟是誰？」

「抱歉，我也不知道我是誰。」我苦笑，「總之我醒來的時候，已經陷入這個事件中，現在抽身都困難了。」

「什麼意思？」怡江越聽越迷惑。

「這是私人秘密，妳不需要知道，還是讓我繼續揣測一下妳的目標吧。」我抿了一口茶水，舒服地靠在沙發上。「我昨天花了小小的時間，查了妳寫的一些新聞，發現許多有趣的東西。

「首先是二〇〇七年五月三十日星期三，那天在塞納—馬恩省河小區，發現了三具怪異的屍體，兩女一男，死得極為怪異。兩具女屍的內臟皆被兇手用菜刀一塊一塊割下，餵入男屍口中；而男性致死原因為胃部破裂，內臟遭受大量壓迫。

「當時妳在新聞中寫道：『三名死者關係曖昧，疑為三角戀。只是不知兇手為何用此種殘忍的手法，將三名被害人殺害，三名被害人和兇手又是怎樣的關係？』我認為，妳好奇的開端就是在這裡。」

頓了頓我又道：「接著是，二〇〇七年六月七日星期四。在青楊社區B棟發生了兩男兩女慘死的案件，死狀恐怖，疑似遭到古代酷刑『梳洗』，具體情況我就不再複述了，相信妳比我更清楚。

「總之，雖然妳在文中說，余某、周某、李紋、張姓男子，身上都出現了用鐵刷子梳過的痕跡，這與古代酷刑——『梳洗』極為相似。而且四個人有具體的關聯，周某是余某的妻子，而周某同時又與張姓男子和李紋有染。

「『不知道四人死亡的原因，究竟會不會與此有必然的關聯。』其實是在暗暗傳遞一個訊息——這個事件，有第五個人在場，那個人便是兇手！」

「最後便是時家入贅女婿，楊名染死在情婦家裡的事，感情原本很好的他們突然在凌晨對砍，還雙雙落井死亡。不但如此，身上還分布著一種死者兩人都不可能造成的鋸齒狀傷痕，這或許也是個有第三者在場的訊息。」

我刻意將語速放慢，一字一句緩緩問：「怡江小姐，請妳告訴我答案，妳是不是認為，這三起案件，都是同一名變態殺手所為？」

怡江全身抖了一下，許久沒有說話，似乎內心在不斷掙扎著什麼。

「好了，我把該說的都已經說了，現在是該怡江小姐表現誠意的時候。如果您有足夠的誠意，我們或許能夠合作，一起將這些事件的幕後黑手揪出來，對這件事，我很感興趣。

「何況這個仍找不出關聯的連環兇殺案，我們只知道三件，或許還有更多隱藏在這個城市的其他角落，只是沒有被發現罷了！」我循循善誘，不斷蠱惑她。「把妳知道的一切說出來，我們合作！」

終於，怡江毅然抬起頭，和她身旁的秦漢，交換了下眼色，咬住嘴唇，緩緩地吐出了三個字：「沉溺池！」

「什麼？」我一時沒有聽明白。

「沉溺池，這就是我們找到的真相！」怡江解釋道：「不管你相不相信，這個城市出現的怪異死亡事件，確實有許多沒有被報導出來，不過它們唯一的關聯就只有一個地方，便是沉溺池。」

「對不起，我搞不太懂。妳口中的沉溺池，究竟是什麼東西？」我有些糊塗了。

「這個我知道。」時悅穎拉了拉我的衣角，「沉溺池在城市西面，大約五十公里的蓄村山裡，很有名。據說它是由兩口井組成，一子一母，俗稱子母井，這兩口井相隔了一點五公里左右，但是傳說裡面是相通的。

「因為這兩口井不論春夏秋冬，井裡的水都保持在同一個水平面上，一點不多，一點不少，很平衡。而且不管乾旱成什麼樣子，都不會缺水，很神奇！」

「不錯！」怡江把話接了過來，『沉溺』，在這個地方的方言裡，又讀作『承諾』。所以『沉溺池』也就是『承諾池』。

「據說，如果在子母井前，男方站在子井處，女方站在母井處，同時喊出同樣的承諾，兩個人就一定會幸福。不過，這只是一個笑話罷了。」

怡江冷笑了一聲，「我早在一個月前就發現，城裡現場詭異的死亡事件，主角全是情侶。我越查越心驚，他們死態全不相同，但都死得很慘，有些甚至慘得讓人根本聯想不到，他們曾經是活生生的人。

「開始時我還以為這些案件的背後，有個變態殺手，但漸漸地，我的想法開始改變了。沉溺池，最後我發現沉溺池，是所有死者中唯一的關聯。

「他們每一個人，都曾經在沉溺池前許下過承諾，但都違背了自己的誓言。離婚、背叛、外遇，於是他們無一例外的死亡了！」

我打了個寒顫，「妳的意思是說，他們違背了在沉溺池前許下的誓言，然後沉溺池殺掉了他們？」

我難以置信地搖著頭，苦笑。「這個結論實在太有想像力了！」

「我就說你不可能會相信吧，畢竟這實在超出常理太多。不過，我不求你現在相信！」怡江也苦笑起來，笑容略微有些憔悴。「先生，你知道嗎？一般正規的誓言分為兩部分。

「第一部分是想要達到的目的，例如我愛你，我們一定要在一起，永不背叛，永遠幸福。然後是第二部分，如果沒有實現的處罰，例如，吃第三者的心臟撐死、受古代酷刑『梳洗』而死等等。

「無一例外的，那些人都應驗了他們發誓時，許下的死亡方法。而且不只他們兩人會死，就連和他們有關聯的，直接參與、破壞他們之間承諾的人，也會以相同的方法死掉！」

我摸了摸額頭，「如果真像妳說的那樣，沉溺池是個很出名的地方，出名到連時悅穎這種粗神經的人都知道，那麼專程前去許願的人一定很多。

「要知道現代人的感情，原本就很薄弱，今年的離婚率甚至比結婚率還高了十個百分點。離婚對於人類而言是最大的背叛。那些在承諾池前許下過誓言，而又背叛對方，甚至離婚的人，肯定更多，但並不是每個人都死了。死掉的只有少數而已，這件事妳又怎麼解釋呢？」

「這就是我想探尋的真相！」怡江緩緩道：「沉溺池一定有一套它自己判斷的標準，又或者只在特定時候，許下承諾才會起作用。所以我才堅持來採訪時女士。」

「妳認為我姊姊也和姊夫，在承諾池前許下過承諾？」時悅穎緊張地問。

「很有可能，畢竟妳姊夫楊名染，和他情婦死得實在太不正常了，警方都沒辦法查證，這個案件最後應該也會不了了之。」怡江點點頭。

「那妳的意思是，姊姊也會以當初承諾時，同樣的方式死掉？」時悅穎臉色慘白。

「這個我就不知道了，妳姊姊，她是個例外。所以我才冒著丟掉飯碗的危險，執意過來採訪。」

怡江面色凝重的解釋道：「一般而言，在我看過的所有『沉溺池』案件中，全部的相關者，都是在同一個時段，也就是時間差不會偏離二十分鐘的範圍內死亡的。

「但妳姊夫在昨天凌晨三點十九分身亡，而她的情婦也在凌晨三點九分死掉。可是妳姊姊卻直到現在都還活得好好的，所以我也很不解。」

「我明白了，妳來採訪，主要是想知道時女士，究竟有沒有在沉溺池前許過願望，如果許過，究竟是許下了什麼願望，對吧？」我沉思片刻道：「沒問題，我會幫妳問的。」

「謝謝，這是我的名片，如果有結果請打電話通知我。」怡江點頭，爽快地掏出一張名片遞給我，然後站起身和她的搭檔離開了。

我將他們送出門，便坐在沙發上一動不動地思考著。

「喂，你在想什麼？」時悅穎明顯有點心不在焉，終於忍不住用手推了推我。

「沒什麼。悅穎，妳相信她的話嗎？」我抬頭問。

「不、不知道。」她遲疑地回答。

「看來妳是相信了。嘿，真有點搞笑，雖然很不合邏輯，而且難以置信，但是，我居然也有點信了！」我苦笑著，深深吸了一口氣。

「悅穎，有沒有什麼辦法，能聯絡上妳姊姊，如果這件事是真的，她可能十分危險！」

還沒等她打電話聯絡，電話已經急促地響了起來……

第六章　螳螂（下）

所謂承諾，翻開《辭海》就能準確得到解釋。這是人與人之間，一個人對另一個人所說的、具有一定憧憬的話，一般是可以實現的。

（一）承諾必須由受要約人作出。要約和承諾是一種相對人的行為，因此，承諾必須由被要約人作出。被要約人以外的任何第三者，即使知道要約的內容，並對此作出同意，也不能認為是承諾；被要約人，通常指的是受要約人本人，但也包括其授權的代理人。無論是前者還是後者，其承諾都具有同等效力。

（二）承諾必須在有效時間內作出。所謂有效時間，是指要約定有答覆期限的，規定的期限內即為有效時間；要約並無答覆期限的，通常認為合理的時間（如信件、電報往來及受要約人考慮問題等所需要的時間），即為有效時間。

（三）承諾必須與要約的內容完全一致。即承諾必須是無條件地，接受要約的所有條件。

據此，凡是第三者對要約人所作的「承諾」；凡是超過規定時間的承諾（有的也叫「遲到的承諾」）；凡是內容與要約不一致的承諾，都不是有效的承諾，而是一項新的要約或反要約，必須經原要約人承諾後，才能成立合同。

關於承諾的有效要件，大陸法系的國家要求較嚴，非具備以上三要件者，則不能有效。

而英美國的法律，對此則採取了比較靈活的態度。

例如，美國《統一商法典》規定，商人之間的要約，除要約中已明確規定承諾時，不得附加任何條件或所附加的條款，對要約做了重大修改外，被要約人在承諾中附加某些條款，承諾仍可有效。

承諾可以書面方式進行，也可以口頭方式進行。通常，它須與要約方式相應，即要約以什麼方式進行，其承諾也應以什麼方式進行。

對於口頭要約的承諾，除要約有期限外，沉默不能作為承諾的方式，承諾的效力表現為，要約人收到受要約人的承諾時，合約即為成立。

口頭承諾，要約人了解時即發生效力；非口頭承諾生效的時間，應以承諾的通知到達要約人時為準。一般認為，承諾和要約一樣，准許在送到對方之前或同時撤回；但遲到的撤回承諾的通知，不發生撤回承諾的效力。

從這些數據裡可以看出，情人之間的承諾，有著許多不可預測性和隨意性，也不可當作法律效力的參考。當兩個人之間的感情熱烈時，什麼天長地久，海枯石爛的話都能說出口。

而熱戀中的人，公認的智商為零，當然不可能去考慮，承諾是不是會兌現，而假如無法兌現的話，自己究竟會怎樣……

不知道沉溺池是怎麼判斷承諾標準的，但是，看得出它在怡江的判斷中，是一個執法者，默默地執行著背叛承諾後的處罰。

在這件事上，我無法辨別真假，老實說，我現在的思緒很亂，一方面對這件事無法接受，一方面又在大量的證據前徘徊。

至少有一件事我就難以解釋，時悅穎姊夫的血液究竟是怎樣，以什麼形式，為什麼會在他死亡的那一刻，從二樓地板的裂縫裡冒出的。

那究竟意味著什麼？

而地板上以及兩名死者身上的俐落鋸齒狀痕跡，又是代表著什麼呢？難道是時女士以及她老公，曾經在沉溺池前許下的承諾中的一部分？

他們究竟有沒有在池前許下過承諾呢？

這一切的一切，都需要找到時女士，由她來解惑。或許，事情的關鍵答案，全都在她的身上。

突然腦中冒出了一個古怪的想法，似乎對那些傷痕有些印象。飛降！對了，記得有一種叫做飛降的降頭術，與蟲降類似，都是用蠱蟲或者屍毒。

不同的是蟲降、藥降，必須對受害人進行直接物理接觸性的「種降」，也就是說受害人必須誤吃毒蟲。而飛降可以在遠距離對受害人進行直接攻擊，這點上和咒降一樣。

飛降依靠被實降個體的所在位置定位，而且運用飛降的人，必然是精神力量修為很高的巫師。飛降的法術儀式中，焚燒屍油和萬千蠱蟲，黑煙飛升，巫師在了解被降者當時的地點後，通過意念冥想和符咒的控制，使黑煙飛襲被降者。

不過距離有一定限制，且不能在陽光普照時進行，通常在污穢氣息最重的凌晨。飛降可以說是集合萬千毒物和屍油，聚合成一種邪氣和死氣，這種邪氣即是世界上最可怕最惡意的「詛咒」。

自己沒有失憶之前，似乎曾經看過類似的鋸齒狀傷痕，而且和飛降有很大的關聯！說不定，殺掉楊名染以及他情婦的真兇，就是一隻和飛降原理一樣，實體化後的巨大昆蟲。

我開始胡思亂想起來，總之心底已經有點相信沉溺池殺人的故事，再摻雜一點降頭，也似乎無傷大雅了。切，都不知道現在自己的狀態，是原則放棄，還是自我懷疑。

扯遠了，繼續說電話響起的事。來電的是跟著時女士一起出去的傭人，她說時女士出了點意外，現在正在醫院治療。

時悅穎緊張兮兮地立刻拉著我趕往醫院。還是我失憶時住的那家，就連病房也一模一樣，不禁讓我懷疑，這間病房是不是被時家包了。

進到病房後居然發現她姊姊優雅地坐在病床邊削蘋果，臉上帶著愁容；妞妞在她身邊的椅子上，少有的安靜坐著。病床上躺著一名陌生男子，大約三十歲，似乎剛從鄉下出來，身上穿著農村也很少有人穿的粗布衣服，應該是工人。

「怎麼回事？」時悅穎焦急地問：「姊姊，不是說妳出了點意外嗎？」

「傭人可能太緊張了，沒說清楚。」時女士苦笑著。

「今天我出門購物時，一塊招牌突然掉了下來，還好這位先生一把將我推開，否則我就死定了。不過他的情況很不樂觀，牌子剛好砸在他額頭上，醫生說雖然緊急動了手術，但還是有生命危險，很可能活不過三天了！」

「太可惡了，那家店的主人呢，妳有沒有報警？」時悅穎一臉害怕，咬牙切齒地說。

「人家也不是故意的，算了。」時女士嘆了口氣。

「姊姊，妳就是老這麼心軟，姊夫才會什麼都不怕，用公司的錢長年累月在外邊花天酒地，最後還死在情婦家裡……」她惱怒地說，似乎感覺到說了不該說的話，腦袋低了下去。「對不起，我不是故意的。」

「沒關係，我也看開了，畢竟我和他曾經真的愛過，後來弄成這樣，我們雙方都有問題。」她的姊姊笑著抱過自己的女兒。

「妳看，我還有妞妞，有她在，我就很滿足了，等這件事告一個段落，我就帶妞妞到瑞士去。聽說那裡有位兒童心理醫生很有名，肯定能治好妞妞的病。」

「時女士，那家砸到妳的那間店在哪？」我插嘴道。

「就在雙嵐街，剛進入口不遠處。怎麼了？」時女士下意識地答了。

「悅穎，妳在這裡陪著妳姊，我去雙嵐街看看。」我站了起來。

時悅穎看著我，突然渾身一顫。「你的意思是……」

「很有可能，所以我一定要去查查。」我說完便走出門，招了一輛計程車向東去。

雙嵐街是這個城市最繁華的地方，是一條整個西北部都很出名的購物街。不過今天的氣氛明顯有些異常，恐怕是下午的突發事件還讓人餘悸猶存。

很輕鬆就找到出事的地方，那家店鋪早已大門緊閉，我向上瞧了瞧，果然有一塊原本掛在高五公尺多的招牌掉下來，只留下光禿禿的金屬支架。

而那塊掉下來的招牌就丟在不遠處的轉角，大概是等著警方來調查。不過，可能到現在都還沒有人報警，記者看到了幾波，警察倒是一個都沒瞧見。

並沒有人注意到我，於是我很安心地走到招牌附近調查起來。

沒什麼太多值得描述的，只是塊很普通的招牌，寬三公尺，高一公尺，很沉重，至少我一個人絕對拖不動。五公尺的高度加自由落體的速度，那個工人沒當場死亡已經很幸運了。說起來，一點事情都沒有的時女士，是不是更加幸運呢？

慢慢觀察著，突然，招牌的斷口處引起了我的注意，金屬斷口很整齊，就如同使用鋒利的鋸子，在瞬間鋸開的。果然，這次的事件並不是個意外，又是鋸齒狀痕跡！看來以後這種麻煩，還會不斷發生，直到她死掉為止。

我打了電話給時悅穎，沉聲道：「悅穎，是我。」

「怎麼樣，有結果了嗎？」她急促地問。

「嗯，情況很不樂觀，怡江的猜測恐怕是對的，妳姊姊和姊夫可能真的在沉溺池前，許下過某種關於鋸子的承諾。」

我頓了頓，「總之，她現在很危險，盡量不要讓她單獨待著。醫院裡不安全，複雜的器械太多了，很容易出意外，把她勸回別墅裡，就待在客廳中，客廳夠空曠，而且一目了然，就算有什麼突發事件，也有足夠的反應時間。快點！我準備點東西，馬上就回去。」

事情越來越棘手了，不知道失憶前的自己，有沒有遇過這麼刺激的事。恐怕，遇過吧！

我隱約覺得，從前的自己之所以知識豐富，不斷拚命吸收來自各方的一切，就是為了應付超出人類想像力之外的事件。當然，這也不過是猜測罷了，如果要弄清楚，還是要等到記憶恢復後才會知道。

唉，自己究竟要到什麼時候，才能抽出時間去解決記憶問題呢？搞得越來越糊塗了，自己這麼累，還弄得身處險境，都不知道是為了什麼！

來到黑市，我高價買了一把似乎是德國製造的手槍，以及二十發子彈，然後回了時家。有些事情終究要面對的，雖然不知道手槍有沒有用處，但至少有個心理能依賴的東西，聊勝於無。

我抬頭望向天空，西移的太陽照著附近的高樓，照出長長的影子直到遠處，天空一片蔚藍，很美，美得讓人的心靈平靜下來。在這樣的環境中，這樣美麗的天空下，真的會有人類無法解釋的神秘力量存在嗎？

或許，晚上，就會得到答案！深深吸了一口氣，我笑起來，內心深處稍微有些悸動。我等著，你就給我快點來吧！

回到時家正好是下午四點。時悅穎和她姊姊坐在空曠的客廳中，見我進來，時女士仰頭皺著眉問道：「這是怎麼回事？」

「什麼怎麼回事？」我疑惑地問。

「悅穎已經把所有事都告訴我了。」她喝了一大口手中的紅酒，「我會死，對吧？其實，昨天晚上我就應該死了。和我丈夫一起死掉！」

「妳相信沉溺池的故事？」我有些詫異。

「我沒辦法不信，其實，最近我稍微都有些感覺，這棟別墅裡有一個不乾淨的東西一直在窺視我、妞妞，還有他。大約三個月前，一切都開始不正常起來。」

她苦笑，「原本活潑開朗的妞妞變得內向、神經質，還會常常莫名其妙地說胡話；而我也是同時遇到鬼壓床，還看到一個綠色影子在房子裡亂竄；而他，我的那個丈夫，他三個月沒回來了，我也不知道他身上發生了什麼。

「不過看他和他情婦死得那麼淒慘，想來他們才是遇到最怪異的狀況。」

我坐在對面的沙發上，為自己倒了杯紅酒。「妳為什麼覺得自己會死？」

「其實，我昨晚，就在被你們吵起來之前，凌晨三點左右，作了一個很恐怖的夢。「我夢見那個綠色影子變得清晰起來，它是一隻很大的昆蟲，實際上是什麼我忘了。不過有一點我很清楚，它把我當作獵物，一直在我周圍徘徊。而且，它現在已經餓了……」

時悅穎嚇得臉色慘白，緊緊抓住了姊姊的手。「姊姊，妳在說什麼胡話。夢是反的，妳一定沒什麼危險。」

「不，我自己的情況我清楚，他和他情婦已經死了，就要輪到我了。可惜，我們連累了妞妞！」時女士用力抱著自己的孩子，輕聲哭起來。

「說不定事情沒妳們想的那麼嚴重！既然妳昨晚沒死，就證明沉溺池的詛咒並不是絕對的。」我一眨不眨地看著她，「可以告訴我們嗎？妳和妳丈夫當時許下了什麼承諾？」

「在這之前，你能不能也回答我一個問題，答應我一件事？」時女士想了想，抬頭問。

「妳說。」我皺眉，都這樣了還跟我談條件，大家族養出來的女人果然沒一個簡單的。

「你是誰？」她問。

「不知道。妳忘了，我正在失憶中。」我笑笑地搖頭。

「真的失憶了？」

「我發誓！」

時女士一直都很溫柔的目光，猛地變得鋒利，她用力看著我，許久，才緩緩道：「我相信你，一直以來我都認為你是懷著某種目的接近我們，現在看來是我多心了。你很桀驁不馴，不是那種甘於被人利用的人。」

搞了半天我一直被人懷疑，不過也對，哪有人失憶失得那麼丟臉的！

她抬頭望著天花板，又沉吟了許久，輕輕道：「時家是一個大家族，在我結婚之後不久，父母就因為意外去世了。根據遺囑，我和妹妹平分遺產。

「家族裡許多人對這兩份遺產多有窺伺，恨不得立刻搶到手。悅穎年紀還小，而且一直都很單純，如果我不在了，遺產肯定都會被搶走。我的要求是，請你在我死後照顧她！」

「姊姊，妳不會死！妳怎麼會死！」時悅穎撲在姊姊的肩膀上哭了起來。

「我答應妳。」我看著她們悲傷的樣子，不由得心裡一軟。

「好，那我就把一切，都原原本本地告訴你們！」

時女士強笑著，靠在沙發上，長長的睫毛撲扇撲扇的，大眼睛似乎在望著我，但視線的焦距卻早已穿過我，穿過牆壁，落到遠方去了。

「認識他的時候，我才二十歲，父母把我保護得很好，所以我一直任性地認為，愛情這種東西，只要愛對方，而對方也愛自己就足夠了。我們相識到戀愛只有一個月，我就覺得自己已經無法再離開他了。

「但這段戀情，遭到我父母的強烈反對，不光因為他窮，還說他不務正業、不思進取、好吃懶做，是個不值得依靠，一無是處的男人。這些東西我直到現在才明白，原來父母都是對的……但已經完了。

「當時的我只是一個小女生，小女生總是喜歡聽甜言蜜語，那些虛無縹緲的話令我飛到了天上，愛他愛得無可自拔。說實話，我當時看男人的眼光，還遠遠比不上我妹妹，至少她看中的男性，很可靠。

「他只用了一個月就把我騙上床，我們海誓山盟，發誓要永遠在一起，但父母的反對卻讓我很疲倦。有一天他聽說了沉溺池的故事，就拉著我去許願。

「我很高興，那時我覺得他是真的愛我，真的願意為我付出一切，甚至為了和我在一起，不惜去求助鬼神。到了沉溺池時，已經過了凌晨一點，我們根據傳說，商量了一個承諾，決定在同一個時間說出來。

「我和他從沉溺池的中央，一起開始向兩邊走，當我站到母井前時，剛好凌晨三點十二分，我們相約凌晨三點十九分，一起將那個承諾喊出來。但就在那一刻，我遲疑了，突然覺得好害怕，我站在井口，井中不斷有涼風往上冒。

「冰冷的濕氣中帶著一股血腥味，那股味道我至今都還記得清清楚楚，但我愛他，我鼓足勇氣想將承諾對著井口喊出來。可是那時還太小，勇氣也太弱，就那幾個字，已經用盡我所有的力氣。終究，我沒有將承諾全部說出來！

「可鬼使神差的，從沉溺池回來後，父母居然答應了我們的婚事，條件是讓他入贅時家，結婚的嫁妝就是這棟房子。

「爸媽還安排他進公司裡工作，我們新婚開始的頭一年確實很美好，他無微不至地照顧我。但第二年就漸漸露出了本性，開始不太愛回家。當我父母去世後，他更少回家了，甚至公然和情婦同居。我真是瞎了眼才會嫁給他，那時，我真的太傻了！」

我有些驚訝，「妳並沒有對著沉溺池說出承諾？」

「應該是吧，最多只說了三個字！」時女士想了想回答道。

時悅穎頓時開心起來，「那就是說我姊姊不會有危險了！」

「恐怕沒這麼簡單，」我遲疑地搖頭，「我們不知道沉溺池對承諾的標準，但很明顯，它記住了承諾，而且施行了懲罰。我不認為妳姊夫和他情婦的死，只是偶然。」

「但是姊姊並沒有死啊！」她倔強地說，有點自欺欺人。

「但妳姊姊的夢又是怎麼回事？她看到的，還有我看到的那道綠色影子，又是怎麼回事？」我緩緩望向時女士，「能告訴我們嗎？你們商量好要一起說出的承諾？」

時女士淡淡苦笑，「說實話，那個承諾很可笑，甚至很兒戲，但當時我卻被騙得糊裡糊塗。就在去沉溺池的路上，他無意間看到一隻螳螂，於是就以此決定自己的誓言。

「他說，我們一定要幸福，如果有一方變心了，自己的兒子女兒就會被螳螂吃掉。他說，比起自己的生命，更加愛兒女，愛得要命，兒女如果出了事，比殺了他更讓他痛苦一千萬倍。

「哼，可笑我居然感動得哭了，真的信了！現在想來，什麼愛兒女勝過愛自己，什麼愛我，不過是笑話罷了，他愛的只有他自己，還有我家的錢。

「他甚至狡猾得連承諾都要拐彎抹角，不想應驗在自己身上。嘿，不過老天始終是有眼的，他死得那麼慘……」

螳螂！居然是螳螂！我和時悅穎對視一眼，突然覺得什麼都明白了。那晚在花園沙地上看到的足跡，那就是螳螂的後腿，是巨大化不知道多少倍的螳螂後腿。

由於沉溺池還沒有將它完全實體化，所以它只能留下一條腿以及淡淡的翠綠影子。

二樓木地板上的鋸齒裂痕、兩具屍體上的傷痕，以及金屬支架的切口，都是螳螂那對鋒利的前肢造成的。

不知是因為時女士並沒有將承諾喊出來，所以承諾池對她的懲罰稍微延遲了，還是因為其他的原因。但這些都不是最重要的，重要的是，時女士依然有危險，而且危險越來越逼近。

那隻螳螂恐怕已經實體化得差不多了，在它完全實體化的時候，就會走入時女士藏身的地方，殺了她！

不！有危險的可能不只她一個，還有妞妞，作為承諾的主體，她在最後一定會被螳螂吃掉。我險些忘了，她其實是第一個看到螳螂的人，從三個月前她變得不正常後，應該就已經能看到那道淡淡的綠色影子了。

只是她一直都把那道影子，當作自己想像中的好朋友。她一直和那隻螳螂玩耍，還給那隻持續實體化，越來越清晰的螳螂，取了個名字叫做——雪糕。

「妞妞喜歡吃雪糕，雪糕也想要吃妞妞。」這句話究竟是在傳遞什麼訊息？後面那句還好解釋一些，螳螂想要吃了她。

但她為什麼喜歡吃螳螂？據我所知，時家已經很久沒有讓她吃雪糕了。

不懂，但時女士她們卻一定要保護好！根據時女士的夢，今晚可能就是最為關鍵的時刻。那隻螳螂每當夜晚必定出現，完全實體化後，今晚可能就會來這棟別墅捕食了。

雖然現在還沒有辦法，但誰知道實體化後的螳螂，會不會有這個世界螳螂的習性呢？看來要準備得更充分一點了！

我從沙發上坐了起來，「悅穎，陪我出去買點東西。時女士，妳和妞妞在房間裡，一步都不准出門，等我們回來！對了，順便放所有傭人一個禮拜的假。今晚這棟別墅一定要空出來！」

希望，能夠平安度過今晚。結束這件事後，我就能抽出手去尋找，自己失去的記憶了！

第七章 捕食

「螳螂屬昆蟲綱有翅亞綱螳螂科，是一種中至大型昆蟲，頭呈三角形且活動自如。前足腿節和脛節有利刺，脛節鐮刀狀，常向腿節折疊，形成可以捕捉獵物的前足。

「前翅皮質，為覆翅，缺前緣域，後翅膜質，臀域發達，扇狀，休息時疊於背上，腹部肥大。除極寒地帶外，廣布世界各地，尤以熱帶地區種類最為豐富。世界已知一千五百八十五種左右。中國已知約五十一種。

「其中，南大刀螂、北大刀螂、廣斧螂、中華大刀螂、歐洲螳螂、綠斑小螳螂等，是中國農、林、果樹和觀賞植物害蟲的重要天敵。螳螂體長形，多為綠色，也有褐色或具有花斑的種類。複眼突出，單眼三個。咀嚼式口器，上顎強勁。

「前足為捕捉足，中、後足適於步行；漸變態；卵產於卵鞘內，每一卵鞘有卵二十至四十個，排成二到四列。每個雌蟲可產四、五個卵鞘，卵鞘是泡沫狀的分泌物硬化而成，多黏附於樹枝、樹皮、牆壁等物體上。

「初孵出的若蟲，脫皮三至十二次，始變為成蟲，一般一年一代，有些種類行孤雌生殖。肉食性，獵捕各類昆蟲和小動物，在田間和林區能消滅不少害蟲，因而是益蟲，性殘暴好鬥，缺食時常有大吞小和雌吃雄的現象。

「分布在南美洲的個別種類，還不時能攻擊小鳥、蜥蜴或蛙類等小動物。螳螂有保護色，有的並有擬態，與其所處環境相似，藉以捕食多種害蟲。」

一路上，時悅穎買了很多螳螂的資料，一邊走一邊讀，聽得我不勝其煩。

「小奇奇，你知道嗎，雌性螳螂居然會吃掉自己的丈夫。」

她看得大驚小怪起來。老天，這可是世界的基本常識吧。

「你看在一九八四年，兩名科學家里斯克和戴維斯，在實驗室裡觀察大刀螳螂交尾，他們做了一些改進：事先把螳螂餵飽，把燈光調暗，而且讓螳螂自得其樂，人不在一邊觀看，改用攝影機記錄。

「結果出乎意料，在三十場交配中，沒有一場出現了吃夫。相反地，他們首次記錄了螳螂複雜的求偶儀式，雌雄雙方翩翩起舞，整個過程短的十分鐘，長的達兩個小時。

「里斯克和戴維斯認為，以前人們之所以頻頻在實驗室觀察到螳螂吃夫，原因之一是，在直接觀察的條件下，失去『隱私』的螳螂，沒有機會舉行求偶儀式，而這個儀式能消除雌螳螂的惡意，是雄螳螂能成功交配所必須的。

「另一個原因是，實驗室餵養的螳螂，經常處於飢餓狀態，雌螳螂飢不擇食，把丈夫當成美味佳餚。為了驗證，里斯克和戴維斯在一九八七年，又做了一系列實驗。

「他們發現，那些處於高度飢餓狀態（已被餓了五到十一天）的雌螳螂，一見雄螳螂就撲上去抓來吃，根本無心交媾。處於中度飢餓狀態（餓了三到五天）的雌螳螂會進行交媾，但在交媾過程中或在交媾之後，會試圖吃掉配偶。

「而那些沒有餓著肚子的雌螳螂，則並不想吃配偶。可見雌螳螂吃夫的主要動機，是因為肚子餓；而在野外，雌螳螂並不是都能吃飽的，那麼，吃夫就可能會發生。

「一九九二年，勞倫斯（S.E.Lawrence）在葡萄牙，對歐洲螳螂的交配行為，進行了首次大規模的野外研究。他所觀察到的螳螂交尾中，大約百分之三十一出現吃夫行為。

「在野外，雌螳螂大概處於中度飢餓，吃掉雄螳螂，對螳螂後代也的確有益。一九八八年的一項研究表明，那些吃掉了配偶的雌螳螂，其後代數目比沒有吃掉配偶的，要多百分之二十。

「里斯克和戴維斯也承認，歐洲螳螂出現吃夫現象的機率，可能比其他螳螂高，是牠們為螳螂帶來惡名。但雄螳螂很顯然不是心甘情願被吃的。

「還有還有，大約兩年前，美國出了一本名為《性與死：生物學哲學導論》的高級教科書。這本書介紹、討論的，都是關於進化、基因這些很專業化的生物學哲學問題，作者說生物界是奇妙和古怪的，至少比我們所能想像的還要古怪。

「其實作者完全可以更明白地說：因為性和死是生物界的永恆主題，就像愛和死是文學作品的永恆主題一樣。無性生物可以靠不斷分裂而永世長存，有性生物卻必死無疑，性是對死亡的抗拒，是新生命的開端。

「這兩個相對的力量，有時卻能古怪地結合。例如，在蜘蛛綱和昆蟲綱動物中，有時能觀察到所謂『性食同類』，即在交尾前後甚至交尾過程中，雌性吃掉與之交尾的雄性，最著名的例子當然就是螳螂。

「對雌螳螂殺夫的首次描述，出現於一六五八年出版的德語著作中。

「一八八六年，一位美國昆蟲學家投稿《科學》雜誌，論文中描述了他在實驗室看到雌螳螂在交配前吃掉雄螳螂的頭，而無頭雄螳螂仍設法完成交配的奇怪情景，這大概是關於這一現象的第一篇科學文獻。

「之後，法布爾在《昆蟲記》中也描述了螳螂殺夫。在吃丈夫時，雌性螳螂會咬住對方的頭頸，然後一口一口吃下去。最後，剩下來的，只有牠丈夫兩片薄薄的翅膀而已，這真令人難以置信。從這段描述看，我們不知道法布爾是親眼所見，還是只是在轉述一個公認的事實。

「不管怎樣，隨著《昆蟲記》風靡世界，雌螳螂『殺夫』，或者更確切地說，『吃夫』的惡名，和雄螳螂『殉情』的美名，也就人盡皆知了。生物學家們甚至試圖論證『吃夫』的合理性。

「有的說，雌螳螂產卵需要大量的能量，雄螳螂的肉正是極好的能量來源。斷頭的雄螳螂能完成交配，這是已被實驗證實的，因為控制交配的神經不在頭部，而在腹部。

「而且，由於某些神經抑制中樞位於頭部，頭被吃掉反而還有助增強雄性的性能力呢。雄螳螂不死，真是天理難容了。」

「哇，沒想到裡邊居然還有這麼多的學問！如果那隻螳螂是母的該有多好，只需要放一大堆公螳螂，她就會屁顛屁顛地跑去吃，把我姊姊給忘個精光。」

這位小姐，請妳不要一個勁兒地驚嘆，偶爾也多憂慮一下妳姊姊和外甥女的性命問題吧！我苦笑著搖頭。

「對了小奇奇，我們這是要去哪？」

「能不能不要小奇奇，小奇奇地叫？煩死了！」我皺著眉頭。

「不要，你又想不起你的名字。」一時悅穎搖頭晃腦、嬉皮笑臉。

但從她頑皮的笑容中，卻能清晰地捕捉到一絲擔憂。

我嘆了一口氣，「我們去農貿市場買些東西。」

「去那裡能買到什麼？」她頓時好奇起來。

「妳剛剛那一大段資料白唸了！」我摸著額頭。

「趁著妳買書的時候，我查過這個城市分布最廣的六個螳螂品種。但最近幾年由於環境改變的緣故，有許多螳螂很難在附近看到了，根據妳姊姊的描述，能夠判斷出，他們那時候可能看到的螳螂品種，應該只有兩種，薄翅和大刀！」

「厲害！沒想到只有一點線索，你就能調查出這麼多東西！不愧為世界頂級殺手！」她訕訕地看著手中的那堆書，「這些書還要嗎？」

「妳想留著就留著好了，總之對我沒用。」怎麼又把我判定為殺手了，極度鬱悶！不過被她這麼一鬧，內心的緊張感反而沖淡了不少。有一種感覺，似乎已經很久沒有這麼緊張過了，失憶前的自己，說不定也很少如此緊張吧！

我們在市場買了許多東西，隨即回別墅佈置起來。

夜幕無法阻擋的迅速降臨，我、時悅穎、妞妞，以及時女士，四個人靜靜地坐在客廳裡，誰都沒有說話。就連平時閒不住的妞妞，不知為何也安安靜靜的，彷彿預感到了什麼。

整棟別墅所有的燈都亮了起來，我坐在沙發上，倒了杯紅酒，然後看了看手錶，凌晨兩點五十九分。時悅穎睏得開始打瞌睡。

就在指針指向三點整時。一個碩大的黑影倏然出現在落地窗外，長兩公尺，高一公尺多，果然有一對鐮刀狀的東西凸顯著。

是螳螂，一隻放大了上千倍的螳螂。

那隻巨大的螳螂在窗外徘徊著，突然鐮刀狀前肢一勾，整扇落地窗全部碎裂，落到地上，發出連續不絕的清脆響聲。

那隻螳螂呈綠葉狀，三角形的頭部，觸角很短。牠翅膀一搧，跳到客廳前側，嘴不斷向著時女士的方向嚼動。

「是大刀螳螂！」我喊了一聲，「悅穎，二號方案。」

時悅穎的瞌睡，早被嚇到了九霄雲外，提著一個桶子，強忍著噁心向螳螂潑去。一大堆東西黑壓壓地飛了出來，全是大蠟螟、玉米螟、菜粉蝶、土元、黃粉蟲等等，在飼料店買的大刀螳螂喜歡吃的昆蟲。

那隻螳螂果然被吸引了注意力，牠揮舞著大刀，不斷向空中飛舞著的昆蟲砍去。

「趁現在，我們快溜！」我喊了一聲。

時女士帶著妞妞，跟我朝樓上跑去。時悅穎一邊跑一邊面色古怪地問：「小奇奇，這究竟是怎麼回事？那些昆蟲會消滅螳螂嗎？」

「當然不可能！」我瞪了她一眼，「只是想阻擋牠一會兒，我們好拖延時間。」

「拖延時間？為什麼！」她大惑不解。

「很簡單，妳想想，妳姊姊和姊夫許下承諾時，是凌晨三點十九分，而妳姊夫的準確死亡時間，是凌晨三點十九分。

「照這樣推斷，凌晨三點十九分就是一個分水嶺，一條分割生與死的分水嶺，說不定，那隻螳螂很有可能，只有短短的實體化時間，過了三點十九分就會暫時消失。」

回頭看了看那個不斷吃著從空中砍下來的昆蟲的螳螂，直到現在我都沒有太多真實感。這個世界，竟然有這種東西，實在太令人難以接受了！

「也就是說我們要拖過三點十九分？」時悅穎看了看手腕上的錶，「還有十七分鐘！」

「夠了，這些東西夠牠吃半個小時了，沒想到沉溺池具現化出來的怪物，還有作為生物的本性，實在太幸運了。」我嘖嘖稱奇。

時間一分一秒過去，就在剩不到四分鐘時，意外終究出現了。

原本在母親肩膀上熟睡的妞妞，不知什麼時候醒了過來，她張著矇矓的大眼睛，一眨不眨地看著那隻螳螂，突然大聲喊了起來。「雪糕，媽媽，是雪糕！」

就在這時，那隻大螳螂所有的動作都停住了。牠抬起那對巨大的、綠油油的複眼，死死盯著妞妞看，彷彿鎖定住獵物，猛地，牠的周身唐突地膨脹起來。

不對，不是身體膨脹，而是一種黏稠的綠色光線擴散開，剎那間，一直都在客廳裡亂飛的昆蟲們全都停止了響動，綠光退去，所有昆蟲都從空中掉落到地上，如同下著一場蟲雨，噁心得要命。

「糟了，快跑！快快快！」我們全都被這個變故嚇得呆住了，我好不容易才反應過來，一人背後拍了一下，打開身後的大門，就將妞妞和時女士塞了進去。

時悅穎正要進去，被我一把拉了出來，然後將門緊閉，自己也緊緊地站在門前擋住。

「你幹什麼，不想要命了！」時悅穎嚇得臉色慘白，就連語氣都哆嗦得不穩定了。

「我的命硬得很！」我看著開始暴躁不安的螳螂，只感覺心臟在狂跳，怕得腿都在發抖，但還是強作鎮定道：「我們倆都不是承諾的關係人，我看了怡江留下的那份資料，還沒有聽說過有沉溺池的懲罰，傷害到旁人的案例。

「螳螂應該碰觸不到我們才對！我們得想辦法把牠留下來，拖延時間！」

「但是那隻螳螂能把飛到空中的蟲子掃下來，還能把落地窗打得粉碎，牠只要願意，肯定能很輕易地割掉我們的腦袋。」時悅穎緊張得語無倫次。

「相信我！」我用力抓住了她的手。

她側頭看我，一直看，女人就是這麼奇怪的生物，她突然笑了，回握我，大聲地應了一聲。「我相信你。要死就一起死吧，總之我不會孤獨的！」

凌晨三點十八分二十三秒。

螳螂的複眼看到了我們，翅膀一張，兩對後腿一蹬，便跳上了二樓。牠的前肢碰到了牆壁，只見鋼筋水泥牆面如同豆腐一般，被割出了一道長長的口子。

牠用複眼瞪著我們，口器離我們的頭顱只有不到十公分，我甚至能看到牠口器裡的透明液體。

凌晨三點十八分五十二秒。

時悅穎握著我的手更加用力了，我感覺她的手心濕成一片，全都是冷汗。螳螂口器裡，不斷傳來一股噁心的酸臭味道，時悅穎強忍著快要昏厥過去的恐懼，和我一起一眨不眨地回瞪牠。

那隻螳螂或許好奇心被滿足，對我們這兩個障礙物不感興趣了，牠緩緩提起右邊的鐮刀狀前肢，用力向我們揮了過來……

凌晨三點十九分整。

我和時悅穎下意識地閉上了眼睛，只感覺那把鋒利鐮刀掀起一陣狂風，即使是風壓都讓臉部肌肉隱隱生痛。就在我不知所措，以為自己大錯特錯死定了的時候，閉上了眼，那一剎那，鐮刀接近了我們，從我們的身體裡劃過。

沒有痛感，我張開眼睛粗略地檢查了一下身體，並沒有少掉哪個部分。

而那隻螳螂，就在三點十九分整的瞬間，如同我猜測的那樣，唐突地消失了，無影無蹤。如果不是留下一片狼藉的客廳，和二樓牆壁上那道深深的痕跡，真的會讓人以為只是一場異常清晰的惡夢而已。

「我們沒事？沒死？」原本以為自己必死無疑的時悅穎，也睜開了眼睛，她不可思議地摸著自己的身體，許久才大叫道。

「我們當然沒事！」我笑了起來。

她歡呼著，抱著我用力親了一下，然後興奮地打開身後的房門，開心地喊著：「姊姊，妳們沒事了，螳螂不見——」

她的喊聲猛地戛然而止，人也呆呆地立在原地，一動也沒有動彈。

「怎麼了？」我詫異地走上前去，頓時也呆住了。這原本是一個什麼也沒有的空房間，現在，依然也什麼都沒有。

就連時女士和妞妞，也完全不見蹤跡，莫名其妙消失得無影無蹤……

第八章 沉溺池

《淮南子．人間訓》裡講過一個故事，一名老翁丟了一匹馬，他正在為失馬而傷心時，那匹馬回來了，還帶回了胡人的駿馬。得了駿馬，老人非常高興，可是，兒子卻因騎馬摔傷，殘廢了，老人又痛心不已。

此時，戰火紛起，朝廷徵兵，他的兒子因傷殘被免除了兵役，免於死在戰場。後來人們用「塞翁失馬，焉知非福」來形容世事多變，得失無常，壞事可以變成好事。

人的一生好比走路，會遇到很多岔路口，每到一個路口都面臨一次選擇，而每次選擇無不影響著未來。每個人都會遇到這樣那樣的困難和挫折，是捨，是得？是放棄，是堅持？充滿了辯證法。

生活對人生最大的考驗，不僅是「得」，也有「失」，即放棄。哪些需要放棄，哪些永不放棄？此時此刻，需要智慧，也需要勇氣。

伏爾泰說，使人疲憊的不是遠方的高山，而是鞋裡的一粒沙，在人生的道路上，我們必須學會隨時倒出「鞋裡」的那粒「沙」。這小小的「沙粒」就是我們需要放棄的東西，什麼也不放棄的人，往往會失去更珍貴的東西。

放棄是一門學問，一種藝術，懂得放棄的人才會擁有更多；快樂的人放棄痛苦，高尚的人放棄庸俗，純潔的人放棄污濁，善良的人放棄邪惡；聰明的人勇於放棄，高明的人樂於放棄，精明的人善於放棄。

正如一則廣告詞說的那樣：「捨清溪之幽，得江海之博。」經歷風雨，未必能見到彩虹；但不經風雨，根本不可能見到彩虹，這或許就是人生的真諦。

而人生，就如同塔一樣，原本大家都是筆直的。比薩塔斜了，可以成為世界級的景觀，但如果人生的金字塔斜了，就會造成人生的陰影。

對我來說，失憶不知道是不是我人生金字塔的傾斜。但妞妞和時女士的消失，卻一定是時悅穎人生金字塔的傾倒！

時女士和妞妞的失蹤，怎麼看怎麼透著古怪，但古怪在哪裡，我卻怎麼都說不出來。時悅穎撲在我肩膀上一直哭著，我輕輕拍著她的背脊，許久後才道：「時女士兩人並沒有什麼危險。」

「但她們不見了！」時悅穎傷心欲絕，抽泣道。

「消失並不代表死亡，至少她們沒有死於螳螂的刀下；如果真的死了，現在屍體一定會留在這裡。」我一邊判斷一邊說道。

「現在的情況只有兩種可能，一是被誰，不知道出於什麼原因帶走了；二就是出在沉溺池上。我們恐怕要找怡江出來談談了！」

一整夜都沒有睡好，第二天一大早怡江就上門來。

「事情的大概我已經知道了。」她單刀直入，話語就像她的人一樣爽快。「這裡有一份資料，你看看。」

她遞給我們一份資料，在一片狼藉的客廳裡慢慢踱步。「沉溺池發生異變，對承諾人背叛後做出懲罰，始於三個月前。而三個月前這個城市，只發生過一件大事，便是有一場二點六級的地震，雖然很小，但就發生在沉溺池附近。

「城裡只不過感覺稍微晃動了一下，基本上沒有任何傷亡。但地震之後，陸續發生怪異的連續殺人事件。

「最先是從何鷺家開始的，然後越來越多，多得警方乾脆封鎖新聞，勒令所有媒體禁止深入調查。」

她踢了一腳滿地的蟲屍，「我有理由相信，地震和沉溺池之間，肯定有某種必然的關聯。所以我和幾個朋友以及受害者家屬，準備下到沉溺池中去看一看，只是現在還有幾樣設備很難入手。」

「可行性如何？」我抬頭問。

「沉溺池以前也有洞穴愛好者下去過，還繪製了一幅地圖，直來直往的一條路線，就算是初學者也沒有太大的危險。」她認真地回答。

「很好。」我皺眉想了想，然後轉頭看著時悅穎。「美女，妳的私房錢有多少？」

「不算固定資產的話，父母還留了兩百多萬給我。」時悅穎不假思索地回答。

「沒想到妳還是個富婆。」我驚訝地咋舌，「怡江，設備和行動費用我們來處理，不過必須多準備一套給我，我要下去。」

「不對，錢明明是我的。」時悅穎少有地反駁道：「我也有一個條件，否則我一分錢都不會出。」

「妳不准下去。」我清楚她心裡在打什麼算盤。

「我要下去。說不定，說不定姊姊和妞妞就在沉溺池裡，正等著我去救她們！」

她說著說著又哭了起來，「而且、而且、而且你也要下去，我擔心。不、不是擔心你，就是怕你做不到。你明明是個病人，還為我家做了一件又一件危險的事情……總之，我要下去！」

她態度堅持，臉上的表情沒有一絲退讓。

我看著她，許久才苦笑道：「那好吧，算她一個，否則我們一分錢都不出。」

怡江看看我，又看看她，突然笑了起來。「你們兩個啊，不結婚實在是太浪費了！」

「怡江姐！」時悅穎整張臉頓時都紅了起來，氣惱地瞪了過去。

無論如何，沉溺池的行程就這樣訂了下來。誰都不知道前方等待的東西有多危險，就連我也只是隱隱約約覺得不妥當而已，但真的去之後，那場恐懼危險到極點的經歷，即使很久後都難以忘卻。

沉溺池，正獰笑著，等著我們自己走進它的口中。

我們實際到達後，才感覺現場景物和道聽塗說，根本就是兩回事。

沉溺池的兩個井口，確實相隔不到一點五公里。但那是直線距離，其實兩個井口正確地說，是在一座山的兩側山腰上。

從母井的方向俯瞰，能看到座落在山下的蓄村。趕到時正好是中午，山腳下的村莊星羅棋布，漸漸地升起了炊煙，一幅田園人家的悠閒景色，讓一路上倍感緊張的我，也稍微舒緩了一點。

旁邊的時悅穎，一直都很緊張地牢牢抓著我的手臂。

據怡江說這次去沉溺池探險的人，一共有七名，今天下午一點，在沉溺池的母井集合，會分批帶著設備。去母井的山路並不適合越野車走，所以車子早就丟在了遠處。

我們三人，一人揹了一袋子沉重的設備，好不容易才在一點整到了母井前。剩餘的四人居然早就到了，兩男兩女，五頂顏色各異的帳篷也早就搭了起來，現在正忙碌地準備著設備。

怡江招呼了一聲，熱情地向我們介紹起來。「這位是我的搭檔秦漢，你們幾天前才見過。他負責拍照。」

她指著另一名肌肉強壯的男子道：「這是本市最出名的冒險家英山，他五年前曾經下過沉溺池，唯一的一幅地圖也是他繪製出來的。他擔任嚮導。」

「而其餘兩名女孩。一個名叫何雪，是最早的受害者何鷺的妹妹，有長期攀岩的經驗，想找出姊姊死亡的真相！」她用手指了指正站在井前繫著繩子的馬尾辮女孩，又指了指旁邊一個精神抖擻、異常漂亮的女孩。

「而那個女孩也是個冒險家，據說在國際上很知名，叫做卜曉欣。她有很強的環境生存能力，可以增加我們行動的安全性。」

卜曉欣？這個女孩為什麼給我一種熟悉的感覺？總覺得看到她就不爽，怪了！

說完怡江拍了拍手，向所有人介紹道：「各位，來見見我們這次探險的出資人。男的叫小奇奇，女的叫時悅穎，他們會和我們一起下去。」

鬱悶，怎麼小奇奇真的變成我的名字了。

沒有人放下手裡的工作，秦漢忙著四處拍照，只有那個我特別在意的卜曉欣抬頭看了我們一眼，然後又埋頭工作起來。何雪熟練地綁著滑索，英山不斷檢查設備的安全性，似乎只有我和時悅穎是多餘的一樣。

怡江聳了聳肩膀，「別在意，我認識他們的時候就這樣了，全是些工作狂。」

「看他們的樣子，我對之後的行程更有信心了。」我默默看著，並沒有上去幫忙，既然能偷閒，就稍微悠哉一會，下去後就有得忙了。

何況，事情交給專家，似乎是我的做人原則。

沒等多久，設備就架設完畢。沉溺池的母井寬兩公尺，就在這兩公尺周圍，架起三根粗壯的金屬支架，支撐兩條滑索繩。

英山檢查完設備時，剛好下午兩點十分。所有人吃著簡易的食物，坐在草地上聽他解說。「沉溺池的母井深四十公尺，井口寬兩公尺，但是越往下走周圍越寬闊，到了底部有個一百六十多平方公尺的空曠範圍。

「那裡的水只有一公尺多深。我五年多前來過，母井和子井確實有一條隧道連接，那條隧道的直線距離，雖然只有一點五公里，但彎彎曲曲的，我走了接近三個小時才穿出去，所幸並沒有岔路。」

他稍微頓了頓，「子井的情況和母井差不多，在子井上我已經架好了設備。我們這次主要的目標，是從母井下到底部，然後從子井穿出來。

「你們認為地震對沉溺池的結構造成了影響，這也是我們的調查方向之一。我們還有半個小時的休息時間。」

他看了看錶，「下午兩點四十分正式出發，如果沒有意外，下午六點左右就能重見天日了！現在解散。」

解散後沒有人閒下來，各自檢查起自己隨身攜帶的設備。我檢查完自己的，順便幫時悅穎認真檢查一次。

沒有太大的問題，設備齊全，準備充分，但為什麼心底總有一種不祥的預感，就好像我們是七隻撲火的銀蛾，正迫不及待地撲向火焰做成的明亮陷阱中。

「怕不怕？」我問不知為何發呆的時悅穎。

她轉頭看著我，一直看，笑著搖頭。「不怕。」

這個女孩，自從姊姊和外甥女失蹤以後，像是一夜間長大了一般，變得突然懂事起來。看來逆境果然能令人迅速成長。

「小奇奇，你說我們會不會死？」她突然問。

「每個人都會死。」

「不，我的意思是，我們會不會全死在下邊。」她盯著青石疊成的井口。

「為什麼會這麼想？」我皺了下眉頭。

「沒什麼，只是突然間有這種感覺罷了。」她用力拍了拍我的肩膀，「你說姊姊會沒事嗎？」

「當然會！」我肯定地點頭。

「謝謝，其實我都知道，說不定她們已經遇害了，不過這個禍害，罪魁禍首，我一定會挖出來。」她說得咬牙切齒。

我點點頭，用力喊道：「時間到了，我們走。」

下午兩點四十分整，英山殿後，何雪第一個滑入沉溺池母井，黑漆漆的洞口內。我乘機向裡邊探頭望了望，洞口很深，見不到底。

外邊發出的聲音進入井內，就像進入了異域似的，連續反彈出不斷的響動，最後形成了一種類似呻吟的恐怖音調。

隨著沉溺池的低啞呻吟，何雪順利地下到井底。她用對講機報了平安，讓下一批人下去。

第二批是怡江和她的搭檔秦漢，也是順利到達。

第三批是我和時悅穎，她緊緊抓住我的手，在井口用力吸氣，臉色白得嚇人，可能是內心怕到了極點。英山替我們將滑索繫好，然後又叮囑了幾個注意事項，我點點頭，示意時悅穎和我以同樣的速度向下滑。

我把滑索拉得很緊，所以下滑的速度並不快，在這樣的速度下足夠我近距離的觀看沉溺池的一切。果然，隨著深度增加，沉溺池的井寬也不斷增加，不久前，還能用手輕易摸到井壁，現在要費很大的工夫，才能勉強將手掌貼上去。

向上望去，那個小小的洞口已經遙不可及，只能勉強看到一絲光線射入。而我倆周圍早已漆黑一片，於是我打開頭頂的礦工燈。

四周頓時明亮起來，洞壁的青苔似乎很厚，呈現一種腐敗的灰褐色，看樣子應該死了幾個月？奇怪，什麼原因讓這個保持了幾千年，甚至更久的青苔生態鏈發生變化，全部死掉了？

我隨手扯下一大把，死亡的青苔隨著我扯開的動作，露出了洞壁，那些洞壁不太光滑，上邊似乎有些什麼。我示意時悅穎停住下滑，將頭湊過去仔細看，燈光照射到那些凹凸不平的地方，我一時間竟然呆住了。

是文字？不對，更確切地說是一些符號，密密麻麻雕刻在井壁上。我又扯掉了幾把青苔，那些符號露出更多了。

「難道這個井不是天然形成的，而是人工造出來的？究竟是誰花了這麼大的工夫幹這種事情呢！」我的驚訝難以形容，一眨不眨地盯著壁上那些類似鬼畫符的符號看。

「不知道，不過這些東西，看得人很不舒服。我怕！」時悅穎顫抖地道。

「我們下去，下快一點！」我衝她點點頭，將滑索一放，迅速地向下滑去。

沒幾分鐘就到了底，我一把拉掉身上的繩索，就向遠處的井壁跑。怡江走過來正要和我說話，見我和時悅穎都在跑，不由得也跟了過來。

啪啪踩水聲吸引了所有人的注意，秦漢和何雪也跟來了。

「你們要幹什麼？」她看著我們停在井壁前，不由問道。

「我想幹這個！」我用力將井壁上的青苔用登山鎬幾下扯掉，果不其然，那些刻得密密麻麻的符號隨即顯露出來。

「這、這些是什麼？」怡江震驚得整個人都愣住了，她用手去摸那些符號，許久都開不了口。秦漢職業習慣地立刻掏出相機拍照，閃光燈驚醒了她，好不容易才問：「你們是怎麼發現的？」

「偶然而已。」我目不轉睛地看著那些變幻莫測，完全沒有規律的符號。「整個井壁上都有這些符號，這意味著什麼？沉溺池恐怕並不是天然形成的，就算粗胚是天然的，但不知道在多少年前，肯定經過一次大規模的人工修建。

「就算在現代，要想打磨四十幾公尺深，最底部一百多平方公尺的圓錐形洞穴，也是個極為龐大複雜的工程。在設備簡陋的古代，修建這麼一個東西，還要在整個井壁上，刻滿意思不明的符號或者文字，根本是難以想像的。」

「我有個猜測。」我轉身看了看周圍的人，卜曉欣和英山不知何時已經下來，愣愣看著壁上的鬼畫符，正在聽著我的推斷。

「耗費這麼大的人力和物力，只可能為了一件事，就是墓穴，但普通人，即使是富甲天下，也不可能動用這麼多的人力資源，這恐怕是皇帝或者當年最尊貴者的陵墓！」我說道。

頓時，所有人都激動起來。

怡江側頭想了想，「一般皇親國戚的陵墓，坊間都會有大量的傳說，但我並沒有聽說，這附近有類似的流傳。」

我指了指壁上的符號，「妳看看這些東西，妳認識嗎？它不屬於任何我知道的文字體系。可以說，我根本就沒有見過。」

卜曉欣也仔細地檢查了一番，「不錯，那個、那個小奇奇……」

不知為何，這個讓我感到異常熟悉的女孩，在提到我的名字時，總讓我有一種她十分想爆笑又強忍住的感覺。

她繼續道：「那個小奇奇分析得很有道理，這裡的文字恐怕比甲骨文還早。說不定真有個帝王陵墓，在井裡的某個地方等著我們去發掘。」

英山也是興奮了一陣子，隨即又大搖其頭。「我五年前來的時候，只發現了一條路，只通到子井。並沒有其他的通道！」

卜曉欣笑著反駁，「如果真的那麼容易被發現，那沉溺池的秘密，早就被挖掘出來了。帝王陵墓沒有一個是容易找到的，裡邊恐怕還有些很難發現的岔路口。」

「很有可能！」攝影師秦漢哈哈笑著，揮舞著自己的相機。「發現了寶藏，就算上繳給國家，國家也會補償點的。我女兒終於有出國留學的錢了！」

「別想得太美。」我淡淡看著四周，冷冷的視線掃過所有人。「不要忘了我們來沉溺池的初衷。不管這裡是陵墓也好，其他什麼也罷，有一點很清楚，這裡異常危險，肯定有一股神秘詭異的力量在保護著。」

「也對，該你的跑不掉，不該你的，就算到手也會丟掉。隨緣吧，我們走！」怡江很快就從激動狂喜的心態中恢復過來，用力拍了拍英山的肩膀。

英山依然笑得很燦爛，興奮得手都在發抖，平復了好久才發揮起嚮導的功能。通向子井的通道，就在洞壁的東南側，很小，要潛水過去。我咬住小型氧氣筒，排在時悅穎的身後進入水中。

沉溺池神秘的面紗，終於漸漸揭露開，向我們露出了真正的容顏，以及鋒利的爪牙……

第九章　洞穴

洞穴，英文 cave、cavern 或 cavity。根據國際洞穴學協會的定義，洞穴是指人能進出的天然地下空間。

洞穴是地球自然景觀一個重要的構成，亦是一種獨特的自然資源，與人類的生產活動有著密切的關聯；而研究其形成、形態特徵、發展演化以及開發利用的科學，就是洞穴學，英語叫 Speleology。

在大陸，尤其在南方岩溶山區，洞穴的調查、探測，及其形成和開發利用的研究，有十分重大的理論意義和社會經濟價值。

但這個城市附近，出名的洞穴並不多。沉溺池雖然很出名，但出名在它的承諾上，至於兩口子母井之間的通道是不是洞穴，很少有人去思考，也很少有人想到要去探尋一番。

英山是第一個進入沉溺池洞穴中，並走了出來的人，歷時三個半小時。由此可見，沉溺池兩口子母井之間的通道並不難走，就算初學者也可以輕鬆上手。

說到洞穴，就一定要提及它的幾個大分類。其他的不用多做介紹，畢竟和這本書沒有太大的關係，著重介紹相關的幾個類型就好。

根據洞穴的定義，洞穴實際上由洞穴空間（洞腔），及圍繞其四周的岩體，或者圍岩兩部分構成。

洞穴有很多種類型，按其所形成的圍岩性質分，有：碳酸鹽岩洞，由岩溶作用形成，在大陸分布最廣，數量最多，規模最大。

石膏洞，洞體一般規模不大，分布遠不如碳酸鹽岩洞普遍。

礫岩洞，形成於鈣質膠結的礫岩中，在大陸數量很少，一般長度不大。

玄武岩洞，由火山活動噴發出來的岩漿，在流動過程中經差異冷卻而成，主要分布在大陸東北及海南火山噴發區。

砂岩洞，由差異風化作用而成。

而沉溺池子母井之間的洞穴，就是分布很少的礫岩洞。

我們七個從水裡游出來後，就爬上了一個礫岩的平台，不大，只有十幾平方公尺。

英山最後一個過來，他腰上繫著一根粗細如毛線的繩子，正發出幽幽的銀光。時燈光照射處，只見一個狹窄通道往不遠處延伸，蜿蜒彎曲，就像通往地獄的深處。

時悅穎好奇地拉了一把，問道：「這是什麼？」

「這是特殊的塑膠繩，用來指示我們的位置，防止迷路，繩子的一端拴在我身上，另一段釘在母井底下，如果找不到方向，就可以順著繩子返回，我買了五千公尺，夠用了。」英山解釋。

「這麼細，不會斷掉嗎？」她又問。

「當然不會，是特殊塑膠，很有韌性，彈性極強，不容易拉斷，也很難被鋒利的岩石割斷。」英山用手抹掉臉上的水，接著以額頭的礦工燈向四周掃了掃。

整個洞壁砂岩猙獰，頭頂還有長度不一的鐘乳石，滴下透明的液體，有如恐怖巨獸的唾液。

「這裡還是沒有變，還是那麼難以形容的恐怖！」

「走吧，繼續。」怡江將設備揹到背上，「我看過你畫的地圖，前面基本上都能用走的吧？」

「對，洞的寬度和高度都很適合初學者，難度低，也沒有太多需要攀爬的地方。」英山點頭，從背包裡掏出一把鐵鎬。「我來領路，大家一個跟著一個走，小心洞壁，砂岩有時也可以鋒利到能輕易割開人體，一不注意就會受傷。」

眾人魚貫緩慢進入剛好能夠容下一個人的洞穴，英山在前，秦漢壓後，我在隊伍的中央，不緊不慢地走著，邊走邊打量洞壁。砂岩是岩石經風化、剝蝕、搬運，在盆地中堆積而形成的，岩石由碎屑和填隙物兩部分構成。

碎屑除石英、長石外，還有白雲母、重礦物、岩屑等。填隙物包括膠結物和碎屑雜基兩種，常見膠結物有矽質和碳酸鹽質膠結。

雜基成分主要指，與碎屑同時沉積的顆粒，更細的黏土或粉砂質物。填隙物的成分和結構，反映砂岩形成的地質構造環境和物理化學條件。

但這裡的砂岩，我卻找不到任何關於它地質構造的訊息。身後的卜曉欣似乎也發現了這一點，她用手指戳了戳我的背，小聲道：「小奇奇，你有沒有覺得很奇怪？」

算了，都知道這個丟臉的名字，我不認也不行了，該死的時悅穎！

我沒有轉頭，只是敲下一塊看了看。「確實很奇怪。」

「對吧，砂岩是使用最廣泛的一種建築用石材。幾百年前用砂岩裝飾而成的建築，至今仍可能猶存。這種岩石的特徵就是隔音、吸潮、抗破損，很難風化，水中不溶化、石上不長青苔、易清理，但是你看！」

她指了指石頭上的一些已經發灰的植物，「雖然這些植物已經死亡了，但明顯是存在過。恐怕這些砂岩有些名不副實。」

「或許吧，砂岩裡邊恐怕還含有其他可以讓青苔存活的物質。」我將石頭湊到嘴邊，在破口處輕輕舔了一下。

「嚐出什麼沒有？」她問。

我搖頭，「味道很複雜，我吃不出來。」

就在這時，前邊的人猛地驚呼起來。

「前邊怎麼了？」我敲了敲時悅穎的背。

她搖頭，「不知道，看不清楚。」

我皺著眉頭四處看了看，周圍的空間很大，足夠我側身擠過去，於是我就擠著緩緩向前移動。沒多久便來到英山身旁，只見不遠處有個很大的平台，平台周圍散落著大量砂岩石塊，那些石塊的斷口很新，應該掉下來沒多久。

「怎麼了？」我問發愣的英山和怡江。

英山聲音有些沙啞，顯然很是失望。「通往沉溺池子井的通道，被岩石堵住，我們沒辦法往前走了。」

這一席話說出來，所有人頓時都極為失落。原本抱著各自的目的，興致勃勃地出發，沒想到路還沒有走完一半，就要打道回府，這種感覺實在不好受。

「算了，或許這也是天意，回去後我們找點炸藥，把沉溺池的兩口井全部炸掉，免得它再出來害人。」怡江倒是看得很開，她拍拍手，坐到一塊大點的岩石上。「大家都餓了吧，就地吃些東西，我們二十分鐘後往回走！」

大家覺得掃興地各自散開，我和時悅穎並沒有去吃那些簡陋的食物，而是走到不遠處的角落，那裡是英山指出的，原本應該能通行的位置。果然以前是有一個可以容人進入的洞口，可惜因為地震，被幾塊人力完全不可能移動的岩石堵住了。

我用力搖了搖那些岩石然後苦笑，難道沉溺池知道我們要過去，故意將我們的去路封閉？不可能，哪有那麼擬人化的洞穴。

「我們過不去了。」我回頭對時悅穎說：「很失望吧？」

「有點，不過不知為什麼，稍微鬆了一口氣。」她老實地說：「進來以後我的心一直懸著，像是進入某個巨大怪物的喉嚨一般，現在通向它胃袋的喉管堵住了，似乎也是件值得慶幸的事情。」

這小妮子還真會比喻。

我問：「但或許永遠沒辦法，知道沉溺池的秘密，也有可能永遠不知道妳姊姊和妞妞，是否還活著。」

時悅穎頓時呆住了，許久，才緩緩道：「小奇奇，你說姊姊她們真的還有活著的希望嗎？」

「只要還沒有找到屍體，沒有任何有力的證據，證明她們確實已經死亡了，她們在法定意義上就是活著，只不過暫時失蹤了而已。」我斬釘截鐵地回答。

她嘆了口氣，無力地靠在我的肩膀上。「謝謝，呼，真希望回家時，能看到姊姊突然出現，迎接我們。這個該死的沉溺池，真要炸掉的時候，我來點火！」

「小女孩子的口氣還真不是一般大。」有個聲音從她身旁冒了出來，是卜曉欣。「不過，我喜歡。」

她看著我們，笑容有點曖昧。「你們交往多久了？看你女朋友，像是才高三生的樣子。」

我愣了愣，說起來，時悅穎的年齡，應該真是個高三生，怎麼從來沒看過她去上學，現在又不是暑假。

時悅穎瞪了她一眼，「我今年輟學了，讀書沒意思。父母死前為我和姊姊設立了一個基金，我這輩子都可以衣食無憂。」

「喲，原來是千金大小姐，失敬。」這位據說在國際上很有名的冒險家，不知為何語氣有點酸味，看著我撇了撇嘴巴。「小奇奇，你們真的在交往嗎？不太像。」

「這種事情是我們的私事，不需要妳管吧。」時悅穎對她似乎有些敵意。

「好，既然是私事，我當然不會管，人家走開好了。」她滿不在乎地走了，一路上在岩壁上敲敲打打。

我笑了笑，「怎麼了，語氣那麼衝。」

「不知道，看到她就覺得不舒服，雖然她並沒有刻意針對我。但，總覺得她有問題，就像……」時悅穎側頭想了想，「就像她會從我身邊，將我最重要的東西搶走似的……從看到她的第一眼，就有這種感覺！」

「女人的第六感？」我詫異地問。卜曉欣這個女人雖然我也看她不爽，但只是單純的不爽而已，並不覺得她危險，相反地，甚至讓我有些熟悉。

「對，就是女人的第六感。」時悅穎用力地點頭，「都說女人的第六感最準了，看來我要時刻提防著她。」

「喂喂，沒必要這麼狠……」我正要喊，突然硬生生將自己的聲音掐死在喉嚨裡。

「悅穎，妳有沒有聽到什麼聲音？」

「聲音？」她搖頭。

「不對，剛才卜曉欣敲石壁時，肯定有一些特殊的聲音，我明明聽到了！」我喃喃自語著，一邊走到卜曉欣剛才走過的位置，一路用登山鎬敲過去，終於，一種空洞的聲響從石壁上響了起來。

頓時，我激動了，大喊著：「大家，我可能有點小發現。都過來！」

不一會兒全部人都集合起來，他們有的咬著壓縮餅乾，有的拿著水壺，不明所以地看著我。

我也懶得理會他們詫異的表情，只是用力地敲著石壁。「聽聽，聽到某種聲音沒有？」

大部分人都搖頭。

只有英山和卜曉欣臉色劇變，渾身一顫，聲音也跟著興奮地微微顫抖。

「有一種空洞的聲音，石壁後面，後面有洞穴！」

「不錯，聽這種空洞的聲音判斷，這面石壁肯定不厚，我們一起用隨身攜帶的鎬子用力砸，一定能砸開。」我大聲道。

眾人頓時激動起來，紛紛掏出鎬子一陣亂砸。

果然石壁並不厚，很快就被砸出一個足夠容人進出的洞來。

我向裡邊探頭望了望，一片漆黑，那如墨似漆的黑暗，就連頭頂的礦工燈都照得很艱難。

洞穴幽深，不知通往何處。

「現在有個問題，我們進不進去？」我坐在地上看著其餘六人。

「進！」怡江斬釘截鐵地說：「說不定這就是通往那個古代帝王陵墓的通道。如果從前真的有過這個帝王，而且有過井壁上的符號文字，這絕對是個轟動世界的大新聞。」

「我和怡江一條戰線。」攝影師秦漢表態。

「我要找出姊姊死亡的真相。」何雪說道。

「這裡邊開始就是個未知的世界了，不過，五年前的沉溺池對我而言，也是個未知世界。我喜歡探索的感覺，我去。」英山想了想，「不過，我也沒辦法再保證你們的安全！」

時悅穎看著我，猶豫道：「姊姊的下落與生死我想知道。而且，你去我就去。」

「大家都去，當然我也要去，人類可是一種群體性生物。」卜曉欣笑笑地說。

我緩緩看著所有人，又看看不知隱藏著什麼未知秘密的幽幽洞穴，一時間好奇心猛烈地燃燒起來。人就是這種生物，對未知的東西止不住地好奇。

就像一個緊閉的盒子擺在你面前，所有人都叫你不要打開，而你自己也知道，打開就會有危險。但當你在那個緊閉的盒子前，待得越久，就越想要打開。

我對沉溺池的好奇心恐怕比任何人都大。但心底卻有一個聲音，不斷告訴自己，離開，離這個洞穴越遠越好。

面對去與不去的選擇，我的選擇時間其實並不久，只有一秒鐘。不管怎樣，我都想要進去看看，否則一輩子都會遺憾。唉，說不定沒有失憶前的自己，也是個膽大妄為的冒險家吧！

所有人無一例外的選擇了進去，進去前我們聽從英山的建議，再次整理裝備。他調整繩子的位置，在這個新洞穴的入口處，將特製的塑膠繩又固定了一次，若是不幸迷路，還可以拉著繩子原路返回。

「這條繩子總共五千公尺，已經用了一千一百公尺，還剩三千九百公尺。」他一邊看繩子的刻度一邊說：「為了安全著想，我們前進三千九百公尺後，就必須回頭，否則很容易迷路！」

其餘的人顯然有些心不在焉，各想各的事情。

依然是最有洞穴探險經驗的英山走在最前邊，他小心翼翼地邁入第一步，然後示意我們一個接著一個進去。

當身體完全進入洞穴時，立刻被一股惡寒包圍住，冷，一種滲入骨髓的涼意，不斷從四面八方撲過來，就連身上的防寒服都無法阻擋。

沒多久，這種怪異的寒冷就如潮水般迅速退去，讓人覺得剛才的那股涼意，是不是只是一種錯覺。

依然排在我身後的卜曉欣，戳了戳我的後背。「進來時你有沒有覺得很冷，然後寒意又突然消失了？」

「有。」我回答得簡單明瞭。

「好古怪的感覺，那一刻我還以為自己快被凍結了，整個身體像是被某種東西窺視得清清楚楚。這個洞穴，不簡單！」她咕噥著。

「安靜一點，我們要多小心。」我心裡一凜，就著七盞礦工燈的燈光，緩緩打量起四周；周圍的空間很大，向來的方向望，我們敲開的石壁，只是內部石壁的一個小口子。

內部的石壁非常筆直堅挺，大約高五公尺，寬一點五公尺，厚度異常的薄，就像是人工將整塊岩石，硬生生削成現在的樣子。

而我們所處的地方非常狹長，洞頂卻很高，如同一線天的地形。

洞穴中的漆黑，黑得十分不正常，我揉了揉眼睛，這才就著燈光看清楚，原來四周的岩壁，居然也是一片漆黑，視線所及的地方，全是黑色。

我不由得驚訝道：「你們看，洞壁的岩石似乎是黑色的。有可能是輝長岩！」

這個世界上純黑色的岩石不多，大量出現的就更少。雖然玄武岩也是黑色，但自然界中的玄武岩，一般都帶有氣孔狀、杏仁狀構造和斑狀結構。

這一點我在周圍的岩石上並沒有看出來。而輝長岩不同，如果黑石母含量極高的輝長岩，就有很大的可能是純黑色。

眾人紛紛驚嘆地看向岩壁，這些傢伙，或許太緊張了，一個兩個的想東想西，就連周圍的環境也沒有太注意。

卜曉欣臉色有些凝重，她用手敲下一塊岩石，拿到手裡端詳片刻，然後看著手心發呆，許久才愣愣地道：「不對，這些是灰岩。只是表層被人塗抹了一層炭。」

怡江眼睛一亮，「妳的意思是，這裡早就有前人進來過。甚至可以說，這條通道有人工加工過的痕跡，很有可能就是我們猜想的、帝王陵墓的入口！」

眾人頓時又是一陣激動，繼續向前的動力更加旺盛了。

我不言不語，表情也有些凝重。

有時候在木材上或者棺材裡加入炭，可以達到乾燥防止腐敗的效果，但沒有聽說哪個帝王陵墓裡，有用炭將整個陵墓塗抹一次的。再加上沉溺池井壁上那些完全看不懂，更沒有起源的未知符號，讓我心底十分不舒服。

希望不要出事才好。

我暗自提高警覺，一邊走一邊仔細注意四周。通道很長，也很筆直，沒有太大的溝渠與急轉彎，很有可能是自然形成的岩洞，再經過人工雕琢。

前邊秦漢的相機閃光燈閃個不停，讓我在這個原本就幽深壓抑的環境裡，更加煩躁了。

不知走了多久，突然眼前豁然開朗，有一個橢圓形的空間露了出來。我們魚貫而出，一出去就被眼前的景象，震驚得全身石化，再也合不攏下巴。

只見這個橢圓形空間有十幾公尺高，寬兩百多平方公尺，空間的相對中央位置，擺著一個巨大的、似鐵似銅的容器。容器呈不規則形狀，足足有六公尺長，五十公分高，但最讓人驚訝的地方，是容器裡有一種火焰，一種詭異到難以形容的火焰。

那種火焰通體黑色，熾熱地燃燒著。

但站在不遠處的我們，卻絲毫感覺不到熱度，反而異常寒冷，彷彿身上的溫熱，都像受到磁石吸引的鐵物質，朝黑色火焰方向流動。這些火焰靜靜燃燒著，除了眼睛，人體的所有感官，都無法感覺到它的存在。

我用眼睛看著那團火焰，只是一眼，就感覺腦袋裡喧鬧得不得了，有許多邪惡的東西四處亂竄，充斥了整個洞穴。

邪火！似乎世界上只有一個名詞，能夠形容眼前這個東西。我打了個冷顫，感覺身旁的時悅穎，死死抱住了我的手臂，身體在不住地發抖。

「黑色的火焰，在西方傳說中，似乎只有地獄才有。」許久，卜曉欣才從震驚中回過神來，喃喃道。

「我還從來不知道，火焰居然能是黑色，不曉得容器裡邊盛放的是什麼，居然能使這種黑色的火焰，燃燒了千年甚至更久！」我直到現在都難以置信。

秦漢興奮得不得了，他不斷地拍照，離那個火焰越來越近。

「小心，不要靠太近了！」我警告道。

這個北方大漢憨厚的回頭衝我笑笑，「沒關係，我看能不能弄一塊下來帶出去。」

「太危險了，這種未知的物質，還是離它遠一點。」我皺眉，示意他回來。

他完全不聽，逕自走過去。「這東西又不像外邊的火焰那麼熱，應該什麼都燒不掉。我試試看！」

秦漢掏出一個卷紙，抓住一頭，另一頭用力拋進了火裡。

卷紙果然沒有燃燒，甚至連稍微破損的痕跡都沒有，直直地飛入火焰裡，像是進入了空無一物的空氣中。但透過詭異的黑色火焰，卻什麼都看不到。

「你們看吧，一點危險都沒有。」他得意地說著。

就在這時，他手中的卷紙突然冒出了黑色的火苗，火苗在瞬間竄高，紙張並沒有像被點著一樣，捲曲著化為灰燼，而像是凋謝了一般。

對，確實是凋謝，那些卷紙就是在瞬間凋謝，化為飛灰，掉落到地上。

同時，被這一變故震驚得呆住的秦漢，突然痛得大叫一聲，滾倒在地上，他緊緊抓住右手，痛苦得滿地滾著。只見他的手上，赫然也竄出了一些黑色火焰，火焰在他手上跳躍著，越來越多，沒幾秒就包裹住了他的全身。

在場的四個女孩不由得尖叫起來，火焰的裡邊，正上演著一個極為詭異的場景。被黑色火焰包裹住的秦漢，先是從右手開始枯萎，他的手像是被火焰吸乾了全部的水分，很快就塌陷了下去，再是身體和頭顱。

他迅速地乾枯，聽不到火焰燃燒的聲音，只有他撕心裂肺的慘叫。

不久，秦漢便化為灰燼，連骨頭都沒有剩下一塊。沒有可以燃燒的東西，黑色火焰也漸漸熄滅了。

剩餘的六人，全身都在這驚人的一幕中顫抖，沒有人有能力幫他，只是怕，怕得要命。

不知過了多久，英山才語氣乾澀地道：「這些究竟是什麼玩意兒？」

「不知道，不過它只會焚燒有機物，對無機物無效。」我大著膽子走上前，用登山鎬翻了翻秦漢死後留下來的東西，全是些金屬器械，含有有機物成分的東西早已被燃燒殆盡。

「見鬼，我們馬上回去。這種鬼地方根本就不是一般人能來的！」英山狠狠道。

眾人的意見，再次驚人的一致起來，我們收拾好秦漢的遺物，毫不猶豫地打道回府。

但那時候，並沒有人想到，我們早已回不去了。沉溺池誘惑我們進來時，就沒有打算放我們出去。它要我們腐爛在它的胃裡……

第十章 死局

所謂火焰，正確地說是一種狀態或現象，是可燃物與助燃物發生氧化反應時，釋放光和熱量的現象。

火焰分為內焰、中焰和外焰，火焰溫度由內向外依次增高。

火焰並非都是高溫等粒子態，在低溫下也可以產生火焰。

火焰中心或起始平面，到火焰外焰邊界的範圍內，是氣態可燃物或者是氣化了的可燃物，它們正在和助燃物發生劇烈，或比較劇烈的氧化反應。在氣態分子結合的過程中，釋放出不同頻率的能量波，因而在介質中發出不同顏色的光。

例如，在空氣中剛剛點燃的火柴，其火焰內部就是火柴頭上的氯酸鉀，分解放出的硫，在高溫下離解成為氣態硫分子，與空氣中的氧氣分子劇烈反應，而放出光。外焰反應劇烈，故溫度高。

綜上所述，火焰內部其實就是不停被激發而遊動的氣態分子。它們正在尋找「夥伴」進行反應並放出光和能量，而所放出的光，讓我們看到了火焰。

就我所知，火焰隨著燃燒物的不同，就會呈現不同的顏色。這就要談到元素的焰色反應！

有些金屬或它們的化合物在灼燒時，能使火焰呈特殊顏色。這是因為這些金屬元素的原子，在接受火焰提供的能量時，其外層電子會被激發到能量較高的激發態，處於激發態的外層電子不穩定，又要躍遷到能量較低的基態。

不同元素原子的外層電子，具有著不同能量的基態和激發態，在這個過程中就會產生不同波長的電磁波。如果這種電磁波波長，是在可見光波長範圍內，就會在火焰中觀察到這種元素的特徵顏色。

利用元素的這一性質，就可以檢驗一些金屬或金屬化合物的存在。這就是物質檢驗中的焰色反應。

不過，我從來沒有見到過黑色的火焰，雖然碳元素燃燒可能產生黑色的光，但是不明顯；畢竟黑色這種顏色，就代表著無光或少光，但燃燒能產生熱量，是必定會引起發光，何況那種火焰的燃燒方式，也實在太古怪了。

「小奇奇，你覺得那種火焰是什麼？」一路上大家都無言無語，沉浸在秦漢死亡的陰影裡。只有卜曉欣最先恢復過來，小聲問。

我搖頭，「不知道。」

「你說有沒有可能，是傳說中的黑色閃電？」她神秘地說。

黑色閃電，大氣中由於太陽光、宇宙射線、雲的電場、線狀閃電和一些物理化學因素的作用，天空中會產生一種化學性質十分活潑的微粒，在電磁場的作用下，這種微粒便聚集在一起。

而且能像滾雪球那樣越滾越大，形成大小不等的球狀物或者焰狀物。這種球狀物不會發射能量，但可以長期存在，它沒有亮光，不透明，所以只有在有光線的時候，才能觀測到它。

我再次搖頭，「黑色閃電只是人類臆想出來的東西，從來沒有人證明它存在過！」

「但也沒有人提到過剛才那種火焰的存在形式啊！」她撇了撇嘴，「你看，黑色閃電會呈現火焰狀，也沒有聲響，更不會發射能量，還能在空氣裡長期存在。所有的特徵都符合剛才那種火焰的特性，無聲，無熱量的火焰。」

「但黑色閃電遇到物質，就會變得非常危險，一旦有物質侵入，內部活躍的微粒便會凌亂，引起爆炸，但剛才的黑色火焰，只是燒光了有機物。」我反駁道。

「你見過閃電將金屬也燒掉的嗎？」她反駁回來。

我哼了一聲，「金屬不會燒掉，但會熔化！」

卜曉欣啞巴了，許久才訕訕道：「誰知道呢，總之黑色閃電的特徵，也只不過是人類猜測的，沒有任何證據證明。說不定它不對金屬起反應，只會焚燒有機物呢！」

「現在爭辯沒用，改天拿儀器來探測一下，橫豎沉溺池又跑不掉。」我聳了聳肩膀，原本對她的懷疑更加強烈了，這女人，絕對不是什麼冒險家，她不簡單。

不過，為什麼老是向我套交情，似乎和我很熟的樣子。而且，她好像有點清楚我的底細。難道，這女人認識失憶前的我？

想著想著，時間過得飛快，很快我們就順著塑膠繩索，回到洞穴入口。但走到底時，所有人卻再次呆住了。

前方居然是死路一條，真正的盡頭！

不遠處只有石壁，並沒有出去的洞口。英山拉了拉繫在他身上的繩索，原本釘在洞外的另一段就被拉了過來，他呆呆望著手裡的繩頭，腦袋一時間有點反應不過來。

「怎麼回事？」怡江聲音有些顫抖。

「繩子斷了。」英山乾澀地道。

「怎麼可能，你不是說繩子很堅韌，絕對不會斷嗎？」她歇斯底里起來，看來秦漢的死對她打擊很大。

「我看看！」我一把將繩頭搶過來，在燈光底下仔細打量。

繩子確實斷了，硬生生被割斷的。不知道是周圍的岩壁還是什麼東西，但割開繩索的工具顯然不太鋒利，說得直觀一點，像是某種動物的牙齒。

卜曉欣似乎也看出了這點，和我交換了下眼色，小聲道：「洞裡還有其他生物！」

「很有可能！」我點頭，「妳帶武器了沒有？」

「開玩笑，到這種地方怎麼可能不帶。」卜曉欣詭然一笑，「捷克人七〇年代的CZ83型九毫米半自動動手槍；使用七點六五毫米勃朗寧槍彈，又可使用九毫米勃朗寧短彈，還可使用前蘇聯馬卡洛夫槍彈。

「全長一百七十二毫米，槍管長九十七毫米；發射七點六五毫米槍彈時，空槍重零點七五千克；發射九毫米槍彈時，空槍重八百克。採用十雙排彈匣供彈機構，有效射程五十公尺。」

「厲害，雖然我有聽沒有懂，不過，我也帶了一把槍，黑市買的。」我拍了拍內包。

這時時悅穎用力拉了拉我，語氣有些不善。「你們在聊些什麼？似乎很談得來的樣子？」

「談怎麼出去的問題。」我指了指前方的洞壁，「妳怎麼看？」

「我們出不去了！」她一屁股坐在地上，神情沮喪。

恐怕所有人都和她一樣，十分沮喪。怡江和何雪雖然一個幹練、一個有冒險經驗，但都是女孩子，臉上帶著隨時會哭的神色。

到盡頭用鎬子使勁敲洞壁，很扎實的聲音，看來要開一個洞，以現有的人力是根本不可能。於是我也坐了下來，思考了許久，突然大腦一凜，跳了起來大聲道：「不對，肯定有不對的地方！」

「想到了什麼？」時悅穎抬起了頭，所有人也都看向我。

「英山，繩索確實把我們帶到這裡來對吧？」我語氣急促地問。

「不錯，我們完全跟著繩子走。」他點頭。

「但據我一路上的觀察，我們從進洞開始，就是一線天的地形，途中也沒有太大的彎曲，可以容人進入的岔路，也根本可以忽略不計，然後就看到了黑色的火焰。就算我們返回途中，繩索斷掉了，我們應該依然處在那條通道裡。

「那條通道就算沒有引路繩索，都能輕易出去，但現在我們居然走進一條死路裡！」我喃喃道：「這種狀況只有兩個可能，一是洞穴移動了。二是某種東西因為某種目的，把繩索咬斷，將我們引進這裡！」

卜曉欣頓時眼前一亮，「對！很好，洞穴當然不會移動，一定是洞穴裡存在的某種東西，把我們誘騙過來的。只要我們原路返回到黑火的位置，應該就能輕易找到入口，順利逃出去！」

這一席話立刻讓剩餘的人，看到了希望的曙光。

英山的精神狀態不由得好了許多，一反剛才死氣沉沉的樣子，大手一揮道：「大家就地吃飯休息十分鐘，十分鐘後我們往回走！」

我不知道希望是什麼味道的，但我知道失望是苦澀的。

記得從前看過一個故事，故事的名字和作者完全忘了。這個故事主要講述的是一位彈奏三弦琴的盲人，渴望在有生之年看到世界，可遍訪名醫，都說沒有辦法；一個道士給他一張藥方，說必須在他彈斷一千根弦時，才可以看。

於是，這個盲人帶著同樣失明的徒弟，遊走四方，終於彈斷了一千根弦，可他叫人一看，那竟是一張空方，那位琴師潸然淚下，突然明白了道士那「一千根弦」背後的意義。

正是這「一千根弦」，支持這位盲人盡情彈下去，而匆匆五十三年就如此活了下來。

一千根弦，蘊含著人生中的各種挫折和考驗，當你回過頭來思索，什麼是生活時，也就懂得了人生是酸甜苦辣、五味俱全的。一個人的人生道路上，不免有些磕磕碰碰，沒有人永遠幸運，也沒有誰總是不幸。

這位琴師把這張沒有字的「藥方」，給了同樣渴望光明的徒弟，因為他希望徒弟也和自己一樣，在希望中走下去。

是啊，每一個人都有夢想，而夢想是支持人勇敢面對生活的動力，如果我們連夢都沒有了，那活著還有什麼意義？

這是一個善意的謊言，道士給了琴師一個夢，琴師又給了徒弟一個夢。那就是不管遇到什麼困難，千萬別失去信心和希望，要堅強地走下去！

談到夢想，我也很迷惑，畢竟，我是一個就連記憶都丟失掉的人，還有什麼夢想呢？唯一還能支持我下去的，恐怕就是一個希望吧。希望自己活著出去，順利找回遺失的記憶，清楚明白自己究竟是怎麼樣的一個人。

畢竟從前的自己，那個已然失去的自我，給我的驚喜實在太多了。他，讓我好奇！

往回走的路並不順暢，更不順利，每個人都走得氣喘吁吁，洞內乾燥的空氣似乎令喉嚨很不舒服。對了，這裡的空氣確實很乾燥，但談不上新鮮，我們恐怕真的是進入某個龐大的人工建築中了吧。

看看手錶，熒光幽幽指向六點十分，我們已經在這個該死的沉溺池底部，待了三個半小時。從原本的興趣盎然，到現在的偃旗息鼓，這三個半小時，真可以說是嚐盡了人生的大起大落、悲歡離合。

不過等找到黑火的位置，相信自己一定能尋回來時的洞穴，畢竟那個洞穴實在引

人注目。

英山在前面帶路，走著走著，不知過了多久，他突然又停了下來。頓時，我有一種十分不好的預感，走向前一看，頭皮都麻了！

只見不遠處地面赫然橫立著一道，寬度足足有五公尺的裂口，那個裂口下方幽黑無比，還有一股寒氣不斷向上冒，不知道究竟有多深。

我隨手撿了一塊石頭向下扔去，過了許久都沒有聽到石塊掉落的聲音，彷彿它穿透了地幔地核，直接到了地球的另一面。

「這裂口，不會一直通向地獄吧？」身旁的時悅穎，用力嚥下一口唾液，顫抖道。

「不知道，不過我們一定爬不過去。只有往回走！」我緩慢地道。

隊伍再次陷入死氣沉沉。依然英山帶路，但這次沒走多久，就再次回到繩索斷掉的那面石壁前。

他惱怒地用手敲著石壁，歇斯底里地喊道：「這個鬼洞穴究竟是怎麼回事，老子爬過西部的許多穴脈，探測過的洞足足有一百多，沒有一個這麼邪門的！」

又再次往回走，前方，竟然還是大裂縫。

我也感覺無力起來，「這次我看得很清楚，並沒有岔路。我們所處的這條通道一端是死路，一端是懸崖。要不要再走一次？」

「不用了。」一直都很少說話的何雪，走到裂縫前看了看，然後摸摸洞的頂端。「這個懸崖對面還有一條路，頂部的岩石很堅硬，如果將攀岩釘打進去，足夠支撐兩個人通過。我能從頂部爬過去！」

「不行，太危險了。只是站在裂縫邊上，我都雙腳發抖！」怡江立刻阻止道：「何況妳家就剩下妳一個人了，如果妳也發生意外，妳姊姊一定死不瞑目！」

何雪笑了笑，出神地望向裂縫對面。「沒關係，我受過專業訓練，爬過比這更危險的地方。如果不爬過去，所有人可能都會餓死在這鬼地方。姊姊也希望我這麼做吧！」

說完，這個堅強的女孩向所有人點點頭，接著掏出攀岩用的設備，開始在洞穴頂端釘入攀岩釘。她熟練地將主繩牢牢拴在身體上，然後每爬一步打入一根攀岩釘。

那是種特製的錐體，在攻克難度較高的岩石、冰雪地形時，將不同長度和類型的鋼錐，打入岩石縫和冰層中，可以作為行進和保護的支點。

她的基礎打得十分扎實，但登山時平面斜度不過才九十度而已，現在卻要整個人都吊在懸崖上。何雪滿頭大汗，每五十公分就打入一根攀岩釘，然後將主繩和輔助繩穿入，五分鐘後，終於到了懸崖的正中央。

留守的五人緊緊拉住主繩索的另一端，以便在她不慎掉落時將她拉住。我感覺手心的汗水冒個不停，心裡的緊張和不安，隨著她的距離增加而不斷滋長。

又遠了一點，她已經爬了三公尺多，還有一公尺多就到達對面了。所有人的心都吊了起來。

「噓，小奇奇，你有沒有感覺周圍的氣氛有點怪？」卜曉欣在我耳邊小聲道。

我心裡一凜，緩緩向四周望了望。確實，周圍有點不對勁！雖然環境沒有絲毫變化，但總覺得有什麼改變了。似乎，是溫度！

溫度在不斷下降！我甚至看到在礦工燈光照射下，黑漆漆深不見底的縫隙裡，有一絲絲白氣冒了上來。

有種危險的感覺，不斷衝擊著我的神經，我不由脫口喊道：「何雪，快回來，馬上！」

說時遲那時快，原本從縫隙中洩漏出的少量白氣突然蒸騰開，如同沸騰的開水，呼嘯著，發出哀怨淒厲的慘叫聲，猛地向正努力攀爬的何雪撲去。

白色氣體接觸到的地方，繩索開始斷裂，金屬開始腐朽，何雪痛苦地用手捂住臉。原本吊住身體的雙手一鬆開，她的身體就開始往下直掉，所幸輔助繩並沒有完全斷開。

「拉！」我大喝一聲，示意所有人用力將她拉回來。

但已經晚了。何雪身上特製的登山衣物，在白氣中腐爛，露出她已經被腐蝕得坑坑窪窪、膿水四溢的軀體。

她的肉在迅速壞去，一股驚人的臭氣擴散到洞穴各處。雪白的皮肉，鮮豔的血液，沒多久便被侵蝕殆盡，只剩下一具白森森的骨頭。終於，困在她身上的所有繩索都斷裂開，最後只剩下白骨，也迅速向裂縫裡墜落。

那個深淵就像猙獰巨獸張開的大嘴，它齜著鋒利的牙齒，將何雪連人帶骨頭吃得乾乾淨淨！

「這、這究竟是怎麼回事？」又是一場慘劇，怡江手腳發冷，蜷縮在地上。

「何雪死了。」我苦笑，渾身無力。這個白霧狀氣體究竟是什麼物質組成，居然帶著那麼強悍的腐蝕性？

「你們看！」一旁的時悅穎突然驚叫了一聲。

眾人抬頭，只見不遠處，原本觸手可及的深淵，居然活生生在我們眼前消失得無影無蹤。眼前就是一條筆直的洞穴通道，和身處的這個洞穴一模一樣，只需要看一眼，就知道它們根本就是同一個整體。

而在離我們大約四公尺外的地上，赫然散落著一堆堆白骨。骨頭很舊，有些泛黃，有些甚至已經開始石化，全是人類的殘骸。

我用力嚥下一口唾液，鼓起勇氣走了過去，打量一番才道：「這些人類殘骸的頭部都有鈍器傷痕，頭骨已經裂開了，死亡原因很有可能便是這個。」

「這是個陪葬坑？那剛才的深淵，究竟又是怎麼回事？」卜曉欣也走了過來，驚訝地說。

「這裡可能有一種具有催眠效果的物質，讓我們全身的感官都產生了錯覺。」我判斷道。

「但何雪的死那麼真實，而且這些骨頭裡並沒有她的遺骸。」

我掃視四周，「誰知道呢，說不定問題就出在我們看到的那些霧氣裡。那些氣體帶著強烈的腐蝕性，和何雪的身體接觸後全部中和掉了，具催眠效果的物質也損耗殆盡，所以我們又能正常地看到和聽到。」

「如果你的判斷正確的話，那往回走應該能夠到達黑火的位置。」卜曉欣神情黯然地說。

所有人默不作聲地又開始往回走，出人意料的是，這一次依然沒能走出去。前方，還是那面堅固的石壁。

我狠狠用手砸在石壁上，惱怒道：「該死！看來沉溺池這玩意兒，只准我們走它留給我們的通道，它想把我們引向它想讓我們去的地方！想要我們全部死絕！」

「那有什麼辦法，我們是客人，它可是主人。既然主人有請，我們只能客隨主便了！」卜曉欣冷笑了一聲。

「妳說話還真幽默！」我深深吸了一口氣，「不過，也對。走，我倒要看看，這個見鬼的沉溺池，想要我們走到哪去！」

晚上八點五十三分，我們踏上了那個原本是懸崖的洞。那個洞十分筆直，坡度一直維持在向下傾斜十五度，很難判斷是自然形成，還是人工修建的。

但這樣走著，會產生一種錯覺，似乎會直接走進地獄的深處。

洞穴裡開始變得寒冷，隨著海拔下降，溫度自然變低，洞穴裡也同樣遵循這樣的定律。走了大概有兩個多小時，在十點五十分的時候，我們終於穿出一成不變的洞穴，來到了一個水潭邊。

這個水潭的水不深，而且相當清澈，水面上浮著某些藻類，正散發出幽幽熒光。就算關了頭頂的礦工燈，也能依稀看到，有些不知名的小東西正在水底下游著，不時悠閒吃著水面的浮藻。

「好美。」時悅穎驚嘆道，臉上總算恢復了點血色。

大家都飢腸轆轆了，我們商量後，準備就地紮營，吃點東西好好睡一覺，明天一大早再出發。

卜曉欣用礦泉水瓶在潭中裝了一瓶水，不知從哪找出一張pH試紙，檢測水的酸鹼性。

「怎樣，能喝嗎？」我問。這次由於沒有打算在沉溺池底待太久，更沒想過要過夜，所以帶進來的設備都並不多，只有一些以輕便為主的簡陋檢測設備，和少量的食物跟淡水。

由於秦漢和何雪都死了，身上帶的東西也沒了。我簡單統計了一下，如果節省一點，食物和水只夠支持我們五個人活三天。

但有足夠的水就不一樣了，有水，每個人能多活五到七天，大大增加了存活下來的機率！而且，水潭裡似乎還有魚，雖然不知物種，但如果這東西能吃的話就賺了。可以暫時不用擔心食物和水的問題，慢慢地找出路。

卜曉欣看了一眼試紙，抬頭道：「pH為七，典型的不酸不鹼，不過實在太標準了，某家號稱過濾了九十九層的礦泉水廣告，都沒有它誇張！」

「管他那麼多，既然是中性，應該就能喝。」我摸了摸鼻子。

「那你先喝給我看，酸鹼值雖然沒問題，但這潭水怎麼看怎麼透著古怪。」卜曉欣將瓶中的水倒回潭裡。

「你看，植物不可能光靠水就能活下去，肯定需要其他的成分。既然水面有植物能活，水裡就一定還有什麼 pH 試紙無法檢測出來的東西。」

「不錯，」我點頭，要我喝這個古怪洞穴裡的任何東西，我當然不敢。「如果植物會發光，大多是含有某種放射性元素。潭水下邊的岩石裡八成含有放射性質。」

一旁的時悅穎，突然屁顛屁顛地跑過來，喊道：「小奇奇，你看，水潭裡的魚好奇怪，居然沒有骨頭！」

我定睛一看，果然，在我不遠處游動的魚，通體基本上呈現透明，透過牠的身體，居然能清晰地看到潭底景貌。

「奇怪了，這些透明的魚，骨頭在哪呢？」她偏著頭苦思不得其解。

我笑了笑，「牠的骨頭也是透明的。這種類型的魚，海中也有，為了抵禦天敵，牠們只能讓自己隱形。」

說到這裡，我的話猛然停住了。沒錯，水藻靠吸取水和水潭裡的放射性元素維生，而魚靠吃水藻存活，這已經形成了一條生態鏈，那這些魚為什麼還需要偽裝自己呢？難道還有一條上層食物鏈？

但這個水潭一目了然，除了這種透明的魚，並沒有其他的東西，那牠們在防備什麼？

就在這時，遠處傳來了一陣響動，由遠至近，以極快的速度，往我們的方向奔過來了……

第十一章 絕境

聲音越來越近，我大喊一聲，所有人都背靠背站著，礦工燈大開，手裡死死握著任何可以當作武器的東西。

沒多久一群外形似狗，高達兩公尺的生物跑了過來。我仔細打量了一番，這些生物不像狗的地方，是四肢皆觸地時，肩高與臀高不一，肩部略高於臀部，其前半身比後半身粗壯。

牠腦袋大，頭骨粗壯，吻部不長，耳大且圓。四肢各具四趾，爪大，彎且鈍，看起來不能伸縮，頸肩部背面長有鬣毛，尾毛也很長。

體毛稀且粗糙，有斑點或條紋；雖然牠們的外形略像狗，但頭比較短而圓，額部寬，尾巴短，前腿長，後腿短，毛為棕黃色或棕褐色，有許多不規則的黑褐色斑點。看那兩排鋒利的牙齒，就知道絕對是肉食性動物。

「鬣狗？」卜曉欣小聲問。

「外形有些像，但顯然不是，鬣狗沒有這麼大隻。」我輕聲答。

這些生物顯然還有保留著微弱的視覺，用來捕食潭水裡的透明魚類；牠們恐怕從沒有接觸過如此強烈的光線，因此猛地停下，謹慎地圍著我們一行人繞圈。

牠們張大嘴巴，不停流著噁心的唾液，鋒利的牙齒在燈光下閃著寒光，絲毫不用懷疑牠能不能輕鬆地將人撕碎。

被一群高兩公尺的生物圍著繞圈、虎視眈眈，並不是件輕鬆的事，我們五人冷汗直流，汗水流入眼睛中也不敢放鬆精神，害怕牠們隨時會撲上來。

由於集合得倉促，怡江和時悅穎的背包沒來得及帶上，還留在遠處的水潭邊。那些古怪的生物顯然也發現了這點。

牠們其中幾隻饒有興趣地走過去，用鼻子聞了聞，然後幾口將背包咬開，津津有味地吃起裡邊的東西，很快所有的類狗生物，都被背包裡的東西吸引過去，牠們吃得十分歡快，甚至連金屬材質的物品都囫圇吞棗地嚥了下去。

「趁現在，我們快溜。」這種好機會並不會持續太久，等那些生物吃光背包裡的東西，然後適應了強光，恐怕就是我們的死期了。

牠們或許是一種變異的鬣狗，犬齒發達，咬力強，能輕易地咬斷金屬。我剛才稍微觀察了一下，這種生物雖然體型龐大，但奔跑速度竟然可達每小時五十至六十公里，而且能夠跑很長的距離還不疲倦。

在這個沒有天敵的地方，牠們根本不會把我們放在眼裡，我們也無法嚇退牠們。

就算用槍能打死幾隻又怎樣，最終還是只有死路一條。

我們躡手躡腳地盡量不驚擾牠們，迅速向前移動，離開了這個危險的水潭，走了快一個多小時，才敢停下來休息。

這次損失慘重，慘重到我們一時無法接受！

由於怡江和時悅穎是女孩子，為了照顧她們，笨重的設備都由我、英山以及身體較為強壯的卜曉欣揹了。

她們的背包裡，裝著我們大部分的食物和淡水。兩個背包被鬣狗吃掉，不但意味著我們損失了百分之七十的食物和淡水，還大大降低了我們存活的機率。

我們坐下來稍微整理了一下背包，剩餘的食物和水，只夠我們五人吃兩次。也就是說，如果一天吃一次，我們只能再支撐兩天，之後就只能挨餓，如果五天內還找不到出路的話，就死定了。

我把食物分成了五份，一人一份。

英山眼神有些不對勁，看著食物，突然說道：「小奇，知道什麼叫優勝劣汰嗎？生物在生存競爭中，適應力強的存活下來，適應力差的被淘汰。

「這是達爾文進化論的一個基本論點，在人類社會中，優勝劣汰的現象更嚴重。適者生存、弱肉強食，強者才能生存下去。」

「什麼意思？」我皺眉看他。

「我們是男人，比起剩下的三名女性有更高的存活率。」他一眨不眨地看著我，

「我有個想法，現在的食物和水只剩下每人兩天的分量。

「如果只有我們兩個的話，就能每人多活三天，再省著用，我們能活十天以上。就用這十天，倚靠我的經驗，絕對能找到出口，逃出生天！」

我冷笑了一聲，「你要我丟下她們三個？」

「當然不是，我們讓她們在原地等候，自己先出去求救；沒有她們拖累，每天能走更長的距離。」他滿臉無辜。

「哼，我想你的論點從開始就有問題。你的建議，是建立在搶走她們全部食物的基礎上，沒有食物和水，她們怎麼可能活到我們帶人回來營救？」我有些鄙夷眼前的這個人。

「總會有辦法的，我相信她們的求生能力，何況書上常說，女性在缺乏水和食物的狀態下，存活率比男性高得多。」他厚顏無恥地繼續蠱惑我。

「就此打住，我不想再談論這件事。再提當心我打爛你的下巴！」我哼了一聲走開了。

時悅穎走過來問：「他跟你說什麼？怎麼你語氣不善的樣子？」

「沒什麼。」我不想解釋，只是看了看卜曉欣，用嘴向英山的方向努了努。「當心那個男人，他被這個洞穴搞得開始神經不正常了！」

看看錶，已經凌晨零點十分，每個人都累得受不了，於是大家坐在一起，商量出一個守夜時間表，準備休息到明天早晨再繼續尋找出路。

第一個守夜的是我，期間並沒有任何值得描述的地方。輪到我休息時，我作了一個夢，很奇怪的夢。

我夢見自己用 Vbuzzer 打網路電話給幾個朋友。

其後，我不知道打給誰，不過是讓我很熟悉的電話，那是個女孩子，我和她侃了侃家常物價什麼的。通話快要結束時，她突然問我：「喂，夜不語，你知道什麼是幸福嗎？」

那一刻，我的大腦當機了。夜不語，這就是我從前的名字嗎？

不過，對啊，幸福是什麼？幸福到底是什麼？

我想了又想，最後無奈地擺了擺頭。第一次，我發現，那傳說中的幸福，居然離我那麼遙遠。

在夢裡，我的大腦不斷搜索著，歷史上一些名人對幸福的定義。

塔西倫說：當你能夠感覺你願意感覺的東西，能夠說出你所感覺到的東西時，這就是幸福。

馬克．吐溫說：幸福就像夕陽——人人都可以看見，但多數人的眼睛卻望向別的地方，因而錯過了機會。

而魯迅對幸福的理解比較抽象，他說：所謂幸福，便是穿掘著靈魂的深處，使人受了精神底苦刑而得到創傷，又即從這得傷和養傷和癒合中，得到苦的滌除，而上了蘇生的路。

失憶前暫且不論，失憶後，我越來越搞不懂幸福是什麼了。名人警句中的幸福言語，不過是他們對幸福的定義而已，那我呢？對我而言，什麼才是幸福？越想，我越不知所措。

於是我反問她：「妳幸福嗎？」

那女孩的聲音沉默了片刻，略微有點黯然。「本來我以為自己是幸福的，但是，或許我錯了。」

掛了電話，我又夢見自己抱了一箱啤酒回家，一排排整齊地放在地上。我慢悠悠地打開了六瓶，然後一口一口地喝起來。

再然後，我又打了通電話給另一個也很熟悉的女孩。

「妳幸福嗎？」我用低沉的聲音問。

另外一個女孩愣了愣，然後毫不淑女的嚷嚷道：「不幸福，當然不幸福！又沒男友養我，每天工作累得要死。擠公車、薪水少就算了，還要受 Boss 的氣。老娘我那個鬱悶，就像掉茅坑了一樣！」

我狂汗，直接掛斷了電話。

夢中的景物又是一跳，突然出現了一個三十多歲的老男人。我感覺他也很熟悉，我絲毫沒有考慮他的意見，直接將那混蛋拉進附近的麥當勞裡。買了兩杯飲料，服飾、髮型，甚至板著的臉孔，都讓我十分適應良好。

大家就大眼瞪小眼的，互相看對方不順眼。

如果眼神能夠殺人的話，彼此不知會死翹翹多少次。

就這樣沉默地坐了好幾個小時，我尷尬地咳嗽了一聲，想要打破沉默。但是衝入喉嚨的話語經過舌頭，路過嘴唇，傳入空氣中後，卻變了味道。

「喂，老男人，你也老大不小了，幹嘛還不去找個人娶了。以為自己還年輕啊！」

他狠狠回瞪我，猛地將屁股從椅子上挪起來，站直，就要向外走。但沒走幾步，又莫名其妙地回頭，說出了一句令我肩膀抽搐的話。

「我就算死也不會比你早結婚。」

我正想氣惱地回他一句，周圍的環境突然黑暗下來。我再次張開眼睛時，居然發現自己身處在一隻巨獸的大嘴裡，牠低聲嘶吼，像是在獰笑。

牠喉管中的肌肉一收一縮，產生了強大的吸力，似乎想要將我嚥下去。我拚命地抓住牠的犬牙，但那股向內的吸力越來越大，終於我手一滑，掉了進去……

然後我便醒了過來，大汗淋漓！

剛睜開眼睛，就看到卜曉欣滿臉焦急地跪在我身旁，似乎想要叫醒我。

「怎麼了？」我坐起身，揉了揉眼睛。

「英山不見了！」她的聲音微微顫抖著。

「什麼！」我頓時清醒過來，翻起身吼道：「馬上檢查背包裡的食物和淡水。靠，這傢伙守夜安排時，表現得比任何人都正常，我還以為他打消那個骯髒的念頭了，沒想到居然來陰的。該死！」

果然，英山那混蛋不但帶走了所有的食物和水，還拿走大量的重要設備。

現在的我們除了我和卜曉欣隨身攜帶的兩支槍、一百多發子彈外，剩餘的生存設備，就只有一個用掉了幾乎一半電量的礦工燈，十根蠟燭，四根攀岩繩索，一些鋼釘，三個空的不鏽鋼水壺，以及一瓶容量五百毫升的礦泉水。

一時間我們愁雲密布地坐在地上，怡江和時悅穎有點不知所措，想哭又不敢真的在這個詭異的地方哭出聲音。怡江甚至歇斯底里地哆嗦道：「我們死定了！我們全部都死定了！」

「這件事都怪我！」我苦笑，「我早就看出那王八蛋有壞心思，但最後被他糊弄過去，沒有提防。」

「算了，既然事情都到了這種地步，自責也沒多大用處！」卜曉欣用力拍拍我的背，「那混蛋還算有良心，留了一瓶水給我們。」

「我看他留下這瓶水，也沒存什麼好心思。」我冷笑了一聲。

英山多半認為人都是自私的，他不願我們活著出去，將他的事情公諸於眾，這會讓他有牢獄之災，所以他要我們死，他以為有人會像他一樣，為了爭奪那瓶水，鋌而走險，將其餘人都殺掉。

不過，我不會讓這件事發生。

我的視線掃過剩餘的三人，最後才緩慢地說：「悅穎，妳把最後一瓶水收起來，我們立刻上路。」

與其相信其他人，我更相信自己熟悉的時悅穎。

沒有早餐，每個人都喝了一點水，飢腸轆轆地繼續向前走，這次上路有兩個目的。

第一，找到出口；第二，將英山這王八蛋挖出來，打個半死，廢了他的四肢，然後拉出去丟進監獄裡。

為了節省照明工具，電量已剩不多的礦工燈，不再使用了，當作緊急時的後備工具。剩餘設備都在我背包裡，怡江、時悅穎和卜曉欣輕裝上陣，以減少體力消耗。

卜曉欣走在隊伍的最前方，手裡拿著一根光線暗淡、彷彿隨時都會熄滅的蠟燭。我殿後，注意力高度集中，不斷警戒著來自身後以及周圍的危險。

就這麼走了兩天，每天十幾個小時不間斷地行走，不論多節省，五百毫升的水終究所剩不多了。

「喝一口，只要再給我喝一口，就一小點。」怡江可憐兮兮地哀求著時悅穎。

每個人的嘴唇都因為缺水而裂開，在燭光的照耀下，鮮紅得怵目驚心，散發著一種妖豔的色彩，那是從嘴唇中滲出的血。

因為乾燥，人會下意識地舔嘴唇，次數太多後，血便不停流了出來。缺血，大量運動後缺鹽分，缺水，讓所有人都搖搖欲墜，彷彿倒下後就再也沒辦法站起來。

時悅穎猶豫著，見怡江實在渴得受不了，只好看向我。

我無奈地笑著，點點頭，她剛將水壺掏出來，怡江就迫不及待地一把搶過去，仰頭灌了一口。就這麼一大口，我們所有的淡水完全用盡了。

沒有水後，前方的路更為艱難，還好這個洞穴並不難走，只需要平緩地向前移動就好。

又不知走了多久，我就連看錶的力氣都沒有了。突然眼前一亮，一些綠幽幽的光線，猛然射入眼中，雖然微弱，但卻讓我們看到了希望。

一行四人立刻連滾帶爬，加快步伐走過去。但當真的抵達時，寒意包圍了所有人，呆立、驚訝、無力、絕望，各種負面情緒衝擊著我的大腦，我苦笑著一屁股坐到了地上。

眼前的空曠之地，居然是三天多前才來過的水潭。地上甚至還殘留著那些鬣狗吃剩下的尼龍繩。我們走了兩天多，繞了一圈，竟然又回到這裡，就連原本來水潭的路，也不知道該怎麼走了，我們，徹底迷路了！

「水！水！」怡江早已沒了當初那個幹練爽朗的女記者模樣，她吃力地向水潭附近爬過去，越來越近，像是想要喝水潭裡的水。

「不要喝！」我上前想要阻止，但卻被卜曉欣一把拉住了。

她看著我，眼神裡全是認真，然後，她搖了搖頭，緩緩道：「這是每個人自己的選擇。」

我冷笑了一聲，想要掙脫她。「不要以為我不知道妳的想法，妳是要讓她去當白老鼠，如果她喝了潭水沒有出現異常，妳就會去喝。」

「這樣不好嗎？犧牲了一個人，但是能救活三個。」她指了指我身旁的時悅穎，「你看看那位小妮子，她差不多也乾渴得忍不住了。你不希望她死吧？」

我轉頭一看，只見時悅穎滿眼放光，看著不遠處那滿潭子的水，喉嚨裡不斷傳來乾嚥的聲音，看情形隨時隨刻都會撲上去痛飲一番。她的眼裡現在再也容不下任何東西，還好尚保有最後一絲理智。

那一刻，我猶豫了。

就在我猶豫時，怡江已經爬到水潭邊，她大口大口地喝著水，那爽快的嚥水聲彷彿響徹整個洞穴，我們三人不由得頭腦混亂，險些受不了引誘，跑過去大喝特喝。

「水！水！」身旁的時悅穎實在受不了了，如同被催眠似的，開始緩緩地移動腳步。

我一把將她抱住，她越是掙扎我就越是用力。不論什麼時候，我都絕不會讓她去冒險，我答應過她姊姊要好好照顧她，我說過，要帶她活著出去。

身體補充了水分，怡江漸漸恢復了理智，她沒有再喝下去。看來她十分清楚缺水的人不能喝太多的水，會被溺死。

「我沒事，水沒有異味，身體也沒有任何不舒服的地方。」

她看著我們三人，理性地微笑著。「我這隻白老鼠已經喝過了，活得好好的。看來，個飽死鬼。」

至少我們不缺淡水了。等下我再試試水池裡的魚能不能食用，橫豎都是死，還不如當

看來她心裡比誰都清楚。臉皮厚如我和卜曉欣，一時間也有點臉紅。

不過，看來水確實是沒有毒的！

我們三人走到潭水邊，蹲下，用手一掬正準備喝，猛地，異變就那樣突如其來的發生了。

怡江痛苦地蹲下身子，冷汗冒個不停。我當即一把打掉時悅穎手中的水，大聲喊道：「妳怎麼了？」

「痛！好痛！好像有什麼東西，正要從裡邊鑽出來！」她吃力地說著，眼珠瞪得老大，就那樣將眼皮撐破，從眼眶裡掉落出來。

時悅穎驚叫一聲，嚇得鑽進我懷裡。

怡江那黑漆漆的、沒有眼珠的眼眶裡，不斷流出散發強烈臭味的液體，帶著血絲，異常恐怖。她痛不欲生，用力站起身體，摸索著向我們走了過來。

「殺……了……我……」她一邊走，一邊撕心裂肺地喊道。

她張開的嘴裡，不斷有東西鑽出來，是水潭裡那些通體透明的魚類，只不過更小，像是才被孵化出來。突然間我明白了這個水池的生態，其實，這些魚才是食物鏈的頂

端。

發光藻類靠水和礦物質生存，透明的魚吃藻類生存，而鬣狗雖然吃魚類，但同時也在被魚類吃。

潭水本身確實沒有毒，但整個潭子裡的水，都充滿這種魚的魚卵，同樣透明難以發現。一旦喝下去，魚卵就會迅速孵化，整個過程可能只需要一分鐘。

藻類、魚類、鬣狗，共生了不知道有幾千、幾萬年，變異的鬣狗體內早有了抗體，所以只有少量的鬣狗才會讓魚卵孵化。但每次孵化的魚又何止上萬，足夠潭水裡的魚永遠繁殖下去。

怡江身上的肉，不斷被體內孵化出的小魚咬開，鑽了出來，掉落在地上。那些透明的小魚在地上接連彈起，直到進入水中。

「殺……了……我……」怡江不斷向我們求助。

我實在忍不住了，掏出槍正準備扣動扳機，一聲槍響猛地響徹洞穴。怡江的頭顱正中央冒出一縷青煙，人緩緩地向後倒去。

「直接破壞大腦，這樣死比較不會痛苦。」身旁的卜曉欣嘆了口氣，默默收回了槍。

我呆呆地站在原地，心底的滋味難以形容，許久，才抬頭看著她。「妳究竟是誰？」

「冒險家，如假包換！」她笑了笑，笑容十分苦澀。「走吧，槍聲這麼大，肯定會把鬣狗引來，到時候我們就真的死定了！」

我坐到地上，無力地道：「還能到哪去？橫豎都是死，還是讓我稍微休息一下吧，自從失憶以後，我還沒有好好休息過。」

嘆了一口氣，我躺在地上，打開礦工燈，睜大眼睛漫無目的望向洞穴頂端。

「也對，還能去哪裡，我都有些想放棄了！這鬼地方，根本就不可能出去。」卜曉欣也幽幽嘆了口氣，躺在我身旁。

時悅穎不高興地皺了皺眉頭，似乎在考慮自己應該死在什麼地方，她用力推了推卜曉欣，把她推得離我遠遠的，然後一臉滿足地睡在中間位置，抱著我的胳膊，將頭深深埋在我的臂彎裡。

卜曉欣有些羨慕，「你們倆真好，成雙成對的。不像老娘我，死的時候都形單影隻，這輩子還沒好好談過一場戀愛。」

這女人，明明一副十幾二十歲出頭的模樣，偏偏語氣總是老氣橫秋，似乎已經很老了。

等死的時候是最無聊的。時間一分一秒過去，望著洞穴頂端，突然我像是被火燒到了屁股似的，猛地跳起來。

「不對！肯定有什麼地方不對！」我摸著額頭，不斷地在原地繞圈。「妳們看洞頂，根本就沒有水滴下來，那就意味著潭水是來自地底下！奇怪，關燈，把所有光源都滅掉！」

時悅穎和卜曉欣詫異地看著我，但還是照做了。

頓時，整個洞穴只剩下潭中水藻散發出的綠幽幽光芒。

我睜大眼睛使勁看，邊搜索邊說道：「既然有水源滲漏出來，就證明不遠處有個同樣水位的水源帶，說不定會有出口！在哪裡！在哪裡！」

遠處傳來了一陣混亂的奔跑聲，是鬣狗正往這裡趕來。如果牠們真的到了，就完全沒有逃生的希望了。我不想死，我還有失去的記憶要找，我還答應過時悅穎，要帶她出去，我保證過，要保護她……

看到了！我終於發現了潭底有一絲不一樣的光線，是日光！真正的日光！

我頓時一陣激動，潭底果然有出口，但太小了，需要用工具擴大。來不及了，鬣狗正不斷接近，如果多給一天時間，不，哪怕是多三個小時，就能逃出去。難道，我們註定要死在這裡嗎？

就在這時，突然一陣天崩地裂，整個天地都搖晃了起來。向我們靠近的鬣狗被嚇得四處亂竄，地穴在搖晃，在崩塌，不斷有大塊岩石掉落下來。

「危險！」有塊岩石向時悅穎砸了下去，我反射性地撲過去一把將她推開，自己卻再也沒有充足的時間躲避。

岩石砸到了我的脖子還是腦袋，我不清楚。但就在我昏迷的瞬間，聽到了時悅穎傷心的哭泣聲……

最近實在很倒楣，老是被砸到。第一次被小孩砸，第二次被岩石砸。不過這一次，我恐怕是真的死定了！

尾聲

死了嗎？

我死了嗎？

猛地睜開眼睛，看到的是確實潔白的天花板。我的腦袋糊裡糊塗的，紛亂的記憶，從大腦深處竄了出來，回到原來的位置。

原來，我叫夜不語。但我不是應該死了嗎？那種情況下，應該沒救了才對。不過，這裡是哪裡？天堂？不可能，我這種人，哪有可能上天堂！

「你醒了？嘿，這裡可不是天堂哦，是醫院！」一個女孩嘻笑著坐在我的床位旁，她的表情令我十分不爽。

「這位小姐，我該是叫妳林芷顏，還是卜曉欣好？」我哼了一聲。

「好冷淡哦，虧我還救了你？」她委屈地裝哭。

「妳救了我？時悅穎呢？她怎麼樣了！」我緊張地想坐起來，不過發現自己被包紮得密密實實，像個木乃伊，瞬間放棄了。

「她沒事，活得比你還好。當時地震，你為了救她被岩石砸中，她抱著你哭暈了過去，在那之後，水潭下裂開了一道很大的缺口。

「潭水全部乾涸，然後露出了一條通道。你猜通道通向哪裡？」她削了一個蘋果，然後將果皮全部丟我嘴裡，津津有味地吃著果肉。「醫生說要多吃水果，補充維生素。」

靠，這個死女人。

「通向哪？」我強忍怒火將果皮吐出來問。

「正好通向沉溺池的子井，沒想到我們一直離出口只有幾步之遙。實在是造化弄人！」她感嘆道：「想不想知道英山怎麼樣了？」

「妳把他打成殘廢後丟進了監獄？」我問。

「他哪有那麼好的運氣，死了！」林芷顏笑嘻嘻地說：「這混蛋死的地方，就在沉溺池的子井底下，想來是向上爬的時候，被掉落的石塊砸中，徹底嗝屁。可憐人，恐怕那時候他還欣喜若狂地認為得救了！」

惡人有惡報，天理輪迴！我對這句話總算有了深層的認識。

「對了，明明妳先到這個城市，為什麼一直不來找我？」我瞪了她一眼。

「那時候人家正忙著調查，覺得分頭行動比較好！」她小心翼翼地說：「找到的時候你已經失憶了，為了怕你誤會，不信任我，只好曲線救國，混入探險團隊裡。」

「喔，所以妳取個假名叫卜曉欣？卜曉欣，不小心，根本就是在嘲笑我嘛！」我哼了一聲。

「幹嘛啊，老娘難得這麼低聲下氣一次。」林芷顏語氣強硬起來。

「低聲下氣！我的行李是妳偷走的吧，酒店裡狙擊我的人也是妳吧。還有，時女士母女是不是被妳藏了起來？」我氣不打一處來，「那段時間我嚇得要死，妳當很有趣啊！」

「本來就很有趣……」她小聲嘀咕著。

這個死女人！我無力地擺擺手。「時女士母女現在應該和時悅穎團聚了吧。那，沉溺池怎麼樣了？」

「在地震中全毀了，你不知道，這次地震很大，五級呢，城裡許多房屋都受到了影響。我們能活著出來，根本就是奇蹟，肯定是我平時人品好，老天開眼了！」她又自戀起來。

「滾妳個人品，妳都有人品，那全世界七十多億人口都是純潔人類了！」

「切，不和你爭論這些事實。對了，你有沒有想過沉溺池究竟是什麼？」她揚了揚手中的記事本，「我好寫報告。」

我思索了片刻，許久才道：「沉溺池，恐怕是遠古人類的某個失落文明吧。它與其說是帝王的陵墓，更有可能是一種封印。

「遠古人類發現了一種十分邪惡的東西，於是他們傾所有人力物力，建造了這個龐大的地下迷宮來封印它。但三個月前的地震，讓沉溺池受到了影響，封印鬆動了，所以造成許多人死於自己的承諾中。」

「邪惡的東西？那是什麼？」她好奇道。

「其實我們看到過，就是黑火，不管哪個時代的封印，被封印物都是在封印建築的最中央。」我嘆了口氣，「只是那究竟是什麼東西，我們恐怕永遠也不會知道了。畢竟，沉溺池已經不在了！」

沉默了一下，我又問：「時悅穎呢，她有沒有來看過我？」

林芷顏愣了愣，神色有些尷尬，好不容易才道：「我對她說，你為了救她，死在了沉溺池的底下……」

我呆住了。

林芷顏一掃從前的嘻笑，滿臉嚴肅地緩緩道：「這樣對她好一點，你們根本就不是同一個世界的人。」

「我知道。」我苦笑，躺下，將臉側過去背對著她。「謝謝妳。」

「明天她會為你舉行葬禮，你去看看吧，不過不要被她認出來。」她難得善解人意一次。

於是第二天，我去看了自己的葬禮。

那天，下起了淅瀝的小雨，天空暗淡得彷彿全世界都在哭泣。

我的葬禮在本市最貴的皇家陵園中，來的人並不多，只有時女士、妞妞和時悅穎。她沒有打傘，只是默默站在雨中，一直站著。我坐在車上，隱約能聽到神父的聲音。

時女士信天主教，那位神父應該是她請來的。我的衣冠塚就在她們身旁，不久後便會下葬。

只聽神父的聲音隱約傳過來，他說道：「這位先生，美麗的時悅穎小姐的丈夫，小奇的一生雖然短暫。但是卻死得其所。

「人有輕如鴻毛，重如泰山。他為了最愛的人走了。

「從前，上帝有最美的天使。如今，你走了，從此，上帝又有了最帥的紳士。

「願你在天堂安息……」

時悅穎再次哭倒下去，她死死抱住我的棺材，怎樣也不願鬆手，彷彿一鬆手，我就真的會離開。

我不忍心看下去，深深吸了一口氣，望向遠處。

天空很灰暗，不過，晴天，終究會被我們等來。

沒有我，她，會更幸福的。

The End

番外．詛咒（中）

第十五日下午

年齡是一把不期而至的螺絲起子，能鑿出人生堅壁上的裂紋。

年紀越大的人，裂紋越多。

我是夜不語。我站在手術室的入口，眼睜睜看著年齡不大的王航的下體上，出現了不符合年齡的裂紋。那不是他人生的裂紋，那是實實在在的，出現在他生殖器官上的裂紋。

人類身上，不應該出現這樣的裂紋。不，不要說是人類，地球上所有的生物，恐怕也滋長不出類似的裂紋。

因為王航下體的裂紋，實在是太恐怖，太匪夷所思了。

更匪夷所思的是，隨著他兩顆蛋上的裂紋越來越大，還待在手術室中的醫護人員的精神狀態，也彷彿產生了變化。

他們，全都變得不對勁起來。

王航的下體，湧出大量鮮血。隨著鮮血一起流出的，是一塊塊像黏在一起，爛肉似的東西。那些爛肉軟綿綿的，不斷從他的蛋中，彷彿有生命般爬出來。

幸好他已經麻醉了，否則就算沒嚇死，也會痛死。

老祖宗不是說過嗎，最痛痛不過蛋痛。疼痛感用十級來劃分的話，蛋痛一定是滿分的。

王航很幸運，他沒有看到自己的蛋蛋已經裂開了。張開的雙腿之間，蛋裂得像一張小嘴，碎沒碎我看不清，但就算沒碎，也差不了多少了。

他那顆蛋上的裂口隨著爛肉湧出，被撕扯得越來越大。我看得目瞪口呆，就如同看著一張嘴在不斷地嘔吐。

至於嘔吐出來的物質，實在是令人匪夷所思。我死死地盯著看，彷彿魔怔了似的，眼神根本難以移開他的下體。

在我的注視下，那團軟肉有了變化，我彷彿看到爛肉上出現了人類的手和腳的痕跡。確切地說，是爛肉上，長出了十根手指頭，和十根腳趾頭，每一根都白白胖胖的。

我瞪大了眼睛，滿臉難以置信！

因為眼前的一切，太離譜，太不符合常識了。一個成年男性的蛋蛋，最大也不過他自己的半個拳頭大，怎麼會滋長出這麼多的東西？

要說那些爛掉的軟肉是某種腫瘤，可也不像啊。誰家的腫瘤，會有手腳指頭？除非，是畸形瘤？

但畸形瘤長在蛋蛋裡這件事，怎麼想怎麼覺得詭異。

而更詭異的一幕，在接下來的半分鐘後，發生了。

王航的身體隨著爛肉從蛋蛋中流出來，不斷顫抖著。就如同那些爛肉不斷在吸收他的肉體，發育自己。

那些爛肉越來越多，堆積在手術台上，完全沒有停止的跡象。這場景，與其說是爛肉被血液沖出來的，更像是那團爛肉有了生命，以自己的意志力，從王航的蛋蛋裡爬出來的。

王航身為男性，正在經歷一場詭異的分娩過程。

對，就是分娩。

我越看，越覺得這場面和分娩沒什麼差別。唯一不同的是女性用子宮孕育生命，而王航用的卻是他的蛋蛋。

隨著爛肉的大部分分娩出了王航的下體，手術室中本就不對勁的醫護人員，行為更越來越無法自控。更糟糕的是，我也控制不了自己了。

終於，王航離奇的分娩過程，來到了最後階段。爛肉變細了，連接著的是一顆圓滾滾，成人拳頭大的物體。

那圓形物體幾乎是從王航的蛋蛋裡滾出來的，要不是王航的蛋蛋腫脹得比普通人大得多，光是那顆圓形物體，怕是就要將他的下體撐破了。

圓狀物一接觸到外界的空氣，我就傻了。

那竟然是一顆腦袋，人腦袋，一顆比正常嬰兒小一些的腦袋。腦袋上有一張被血染紅的小臉，閉著眼，純潔無瑕，看起來乖巧極了。

如果不是上一秒我看到它從王航的蛋蛋裡爬出來的，如果不是我現在仍舊能看到那顆嬰兒腦袋與手術台上的一堆爛肉連接在一起。我甚至根本不會將眼前的場景和剛剛的詭異分娩過程連結在一起。

我直愣愣地看著這不同尋常的嬰兒，震驚無比。這嬰兒除了腦袋外，四肢身軀都柔弱無骨，真正意義上的柔弱無骨。沒有骨頭的它軟趴趴的，頭顱枕著身體，彷彿偏著腦袋枕在肉墊子上。嬰兒的五官精緻，看不出男女。

還沒等我仔細觀察完，那畸形嬰兒猛地仰天發出它來到這世界的第一聲啼哭。

「哇，哇哇——」

很正常的嬰兒啼哭聲，甚至聽起來還有些清秀。但那聲音散入空氣後，彷彿變成灌耳的魔音，讓人聽得心臟瘋狂亂跳，腦子也迷迷糊糊起來。

啼哭聲在耳道裡，像是有無數陰魂怨鬼，在對我耳語。

「該死！」我猛退了幾步，終於稍微清醒了一些。強大的意志力短暫奪回對身體的控制權。我以最快的速度從口袋裡掏出一張紙鈔，撕碎後拚命朝耳洞裡塞。

這救了我一命。

畸形嬰兒發出的魔音被阻隔了一層後，效果確實減弱。我的大腦雖然仍舊混亂，身體雖然仍舊難以挪動。但被這魔音喚醒的邪惡衝動，以及想要放棄生命，自我了結的情緒總算是穩住了。

但手術室內那些本就痴狂的醫護人員們，就沒有那麼好運了。

他們開始瘋狂地自殘。

畸形嬰兒還在發出一聲聲的啼哭，在那啼哭聲中，有的護士像怪物一般趴伏在地上，用額頭拚命撞擊地板。有的醫生抓起手邊的手術刀，朝自己脖子抹了過去，鋒利的手術刀瞬間割斷他的喉管，鮮血噴出幾公尺遠，染紅了大片的牆面。

手術室內的每個人，都被畸形嬰兒的啼哭蠱惑、控制。用最瘋狂的方式、最殘忍的手段，結束自己的生命。

慘不忍睹！

看著眼前可怕的一幕，冷汗浸透了全身。

終於，地上的嬰兒似乎哭累了。它舉起自己軟綿綿的手指，開心地吮吸。

地上只剩下醫護人員的屍體，除了我以外，一個活口都沒留下。

恢復行動力的我，心裡只有一個念頭。這怪物絕對不能讓它逃出去，更不能讓它活著離開手術室。

我咬緊牙關，又掏出一張紙鈔撕爛，將耳洞塞得更嚴實。

悄無聲息地關緊手術室的門後，掏出偵探社配發的微型手槍。槍口對準了手術台上的小腦袋。

嬰兒純潔無瑕的臉帶著睡意，在這滿地的屍體與血水中，顯得特別無辜，在它臉上彷彿能看到所有人嚮往的歲月靜好。血污中的它，自顧自地怡然自得，天真無邪，惹人憐愛。就彷彿滿地的屍首，都和它無關。

腦子在告訴我，這嬰兒是個怪物，必須要消滅它。

但我的手卻不聽指揮，雖然將槍口瞄準了它，可卻扣不下扳機。

光是看著它的臉，我的意志就在消散動搖。

我咬緊牙關，雙手握槍，用意志力拚命地想控制自己的手指。正要扣下去時，那個以愜意的側臉對著我的嬰兒，像是意識到了什麼。

它猛地睜開了眼。

「去死！」我不敢看它的眼睛，閉上眼簾，最終扣動了扳機。

啪，啪，啪。

三聲槍響後，再睜開眼時，我卻陡然大驚。手術台上哪還有什麼嬰兒的蹤影，只剩下三個彈孔，孤零零地留在台面上。看痕跡顯然是沒有擊中它。

但那除了腦袋外，其餘部位都是畸形的嬰兒，不應該有行動能力。可它卻實實在在地消失無蹤。

「該死，去哪兒了？」我慌張地環顧四周，想要將那怪胎找出來。

剛轉半圈，就感覺一股毛骨悚然的刺骨涼意，從腳底爬上脊背。背上，伴隨著惡寒一起湧上來的，是一種黏稠的輕微下墜感。

背上有東西！

那東西軟綿綿的，活像是一條巨大的蛞蝓，拖曳著長長的無骨身軀，迅速地從我背上朝腦袋爬去。

「臥槽！」我大罵一聲，隨即朝地上一滾，試圖將背上的東西甩下來。

但失敗了。

那東西像吸盤一樣牢牢吸附著我的背，任憑我如何翻滾，也紋風不動。

「哇，哇哇——」

一陣嬰兒的啼哭在我耳畔炸開，我又感覺到一陣頭暈目眩，整個身體瞬間按下了暫停鍵，腦袋如同死機般混亂。

我用剩餘的理智，將手中的微型手槍朝背部瞄準，想要將背上的怪胎打下來。可就在扣動扳機的一瞬間，我打了個激靈，硬生生停下扣動扳機的手指。

不對勁！怎麼想都不對勁，既然那個怪胎能控制我的大腦，為什麼還會允許我朝它開槍。除非，這是一個陷阱。

我閉上眼睛，再睜開時，頓時冷汗直流，心頭湧上了一股劫後餘生的慶幸。不知何時，原本對準怪胎的槍口，竟然對準了自己的太陽穴。如果剛才真的扣下扳機，我就沒命了。

怪胎嬰兒還趴在我背上，它意識到計謀未成，啼哭聲突然就變成了一陣陰森森的笑。

我轉頭，險些嚇得魂飛魄散。那顆小小的腦袋，不知何時已經探到我的頭側。一轉頭，我就和它對視在了一起。

怪胎的大眼睛圓睜著，用那黑漆漆，沒有眼珠子的雙眼，直勾勾地盯著我。這一眼，如同侵入了我的靈魂。

「滾。」說時遲那時快，我一拳朝它的腦袋打過去。怪胎無骨的身軀，以怪異的姿勢在我背部挪動，躲開了攻擊。

但它沒料到我的右手預判了它的路徑，一把將它拽住。還沒等自己將它抓穩，我就怪叫一聲，把它遠遠地扔了出去。

這怪胎的身軀觸感非常噁心，我能感覺到從接觸到它的瞬間，皮膚接觸面傳來的從生理上拒絕的神經反射。

被摔在地上的怪胎顯得很生氣，它瞪著我，張口又想要委屈地啼哭。

「你還委屈了，你特麼哭個屁。」我提腿就朝它狠狠踩下去。

怪胎臉上竟然露出剛出生的人類幼童不應該表現出來的驚恐情緒，它漆黑的眸子死盯著我的鞋底，眼看就要將它的小腦袋踩扁了。

就在這時，怪胎嗚咽了一聲，整個手術室又變得不對勁起來。

突然，我的腳像被什麼抱住了似的，身體重心轉移，猛地摔倒在地。

「什麼東西！」我轉頭一看，心臟不爭氣地猛跳了幾下。只見拽著我的竟然是一具屍體。

一具被手術刀割開了氣管，死得不能再死的屍體。那屍體在嬰兒的啼哭聲中，居然像提線木偶般僵硬地活了過來。

它死死地拽著我的腿。

手術室中其他屍體也開始動起來，潮水般轉眼將我淹沒。

這些屍體的動作僵硬，還好力氣並不大。我好不容易才從屍堆中掙扎出來，才發現嬰兒的啼哭聲不知道什麼時候消失得無影無蹤。

屍體重新變成了不會動的屍體，那嬰兒，也不見了。

只留下天花板換氣扇那一個敞開的方形洞口……

第十八日

三天後，王航才甦醒。

他渾然不知自己身上到底經歷了什麼，他只知道自己下體血肉模糊，生殖器官徹底沒了。當然，任誰的生殖器官遭遇那一場詭異的分娩，恐怕都會和他一樣慘不忍睹。

王航欲哭無淚，雖然他是準備不婚不生的，但男人沒了那東西，就不完整了。不管用不用，只要那玩意兒在，至少還有後悔的機會。

但現在，他那東西沒了，也談不上後不後悔了。反正，聽完我講述三天前手術室中的一幕幕，即使他在痛失生殖器官的悲哀中，也表示不相信。

如果不是親眼看到，我恐怕也不會相信這麼荒唐的事。

我沒工夫理會他，那天死了八名護士，四位醫生。如此大的群體自殺事件可想而知，在這小城市，引起了軒然大波。

作為唯二存活者，唯一清醒的目擊者，我這幾天沒少被警方問話。還被警方警告，最近一個月都不能離開這裡，要隨時配合調查。

這幾天我也沒閒著，不斷調查王航的過往、范紅英的過往，以及追蹤那個怪胎。怪胎雖然逃走了，但我相信，它絕對不會就此隱匿，或者悄無聲息地死在哪裡。它一定還留在這座城市，只要它有所行動，就會鬧出動靜。

我在本地的論壇和新聞裡，留意著任何有可能出現的風吹草動。

很快，我就鎖定了一件怪事。

這件怪事發生在兩天前的一場新人婚禮上，那家舉辦婚禮的酒店恰好就在王航動手術的醫院附近。

事情的前因後果，在一位化名為「中路旦姬」的網友的描述下，像極了鬼故事。她甚至言之鑿鑿地說，自己在婚宴上，吃到了鬼肉。

事情是這樣的：中路旦姬的姊姊那天結婚，婚宴特意選擇了市裡最高級的酒店舉行。他們家在這個城市也算是有頭有臉的人物，所以請的貴賓很多，排場非常大。

婚禮的過程就不說了，從姊姊姊夫如何從大學時代相識相知，到攜手走入婚姻殿堂的感人一幕幕被司儀娓娓道來，賺了一大波的感動和眼淚。之後就是開宴。

那家叫做黃金尾的酒店，餐飲等級高，味道也不錯。特別是婚宴必點的招牌菜黃金尾巴，最是吸引人。

黃金尾這道菜以十八條整根的豬尾做成，先炸再烤，金黃酥脆，光看就令人食慾大增。

其他桌倒沒什麼，可糟糕的是她坐的那一桌偏偏出了問題。

最開始，當黃金尾掀開蓋子時，並沒有發生怪事。

看到這美食，賓客們都食指大動，垂涎不已。別桌都美滋滋地吃起來，主桌這邊矜持了一下，互相推讓著看誰夾第一筷子。

最終還是新娘的爸爸將最上邊的金黃尾夾起來，一夾，隨即奇怪地「咦」了一聲。

這手感不對勁。他覺得自己像是戳到了一張薄薄的脆皮，而裡邊是中空的。這黃金尾和平常吃過的好像不太一樣。

但他卻沒有多想，將第一根黃金尾客氣地送到新郎爸爸的碗中，客氣地道：「來，親家先來嚐嚐咱們這兒的本地特色。」

「客氣了，客氣了，都是一家人，誰先吃不是吃。」新郎的爹一邊說著客氣，一邊拿起筷子，將黃金尾往嘴裡送。只咬了一口，他頓時臉色大變。

只聽「噗」的一聲，一股黑血從黃金尾裡噴了出來，流到地上，馬上化成了一陣白煙。

新郎的爸爸不由一驚，「媽的，這是啥東西做的，咋炸過的豬尾巴還流血、冒煙？」

「怎麼會，老頭我看你是傻了吧。」新郎的母親不信，自己老公一向有點驚驚乍乍。所以她將自己老公咬過一口的黃金尾夾過來，也咬了一大口。

這一口下去，誰知道那本來很有嚼勁的豬尾巴口感口感比紙還薄，牙齒一碰，嘎吧嘎吧直響，猶如謝了的花瓣似的紛紛揚揚，從她的嘴裡飄散出來，飄得滿桌子都是！

新郎的母親尖叫一聲，捂著嘴巴，竟然就這麼暈了過去。也不知道是被那豬尾巴臭暈的，還是咋的。

「老婆。」新郎的父親一把抱住自己的老伴不知所措。

同樣不知所措的還有新娘這邊。根據風俗，由於新郎不是本地人，所以這對新人結婚之前就在男方家裡辦過一次。這次女方這邊辦禮，算是補辦。

娘家人憋著一口氣，想要風風光光地嫁女兒。可沒想到宴席上，親家剛吃第一口，就暈了過去。這該怎麼是好？

娘家父母大眼對小眼，面面相覷，一時間整個主桌十幾個人，都陷入了詭異的寂靜當中。新娘老媽皺了皺眉頭，低聲在老伴耳邊上悄聲說：「這黃金尾咱們吃過多少次了，都沒問題。怎麼今天親家咬了一口就倒，會不會是他們故意給我們難堪？」

新娘爸當了幾十年老闆，穩重沉著，沉吟了片刻後抓起筷子，正想要去夾桌上的黃金尾，看看究竟是菜的問題，還是親家小題大做。

可沒想到還沒等他驗證菜品，反應過來的新郎父親就抱著暈倒的妻子，破口大罵起來。「好呀，你們王家簡直欺人太甚。」

他的大嗓門響徹婚宴廳，本來還熱鬧的婚宴頓時徹底安靜了。幾十桌人齊刷刷地看向主桌方向，都察覺到氣氛有點劍拔弩張。

「我王家哪裡有招待不周的地方，還請親家包涵。」新娘母親臉一黑，沉聲道。顯然是確定對方有意找碴。

「親家，哼，你還好意思說出口。你們不是一直看不起我兒子嗎？你們不是很不甘心你們王家高門大戶，被我們老李家高攀了嗎？我還以為我家用真誠能換來你們的熱情，哪想到你們是表面熱情，心裡實屬蛇蠍歹毒。

「你特麼自己看看，這叫什麼黃金尾，其他桌怎麼沒有吃到一咬一口黑水的爛肉，就我們主桌吃到？你還客客氣氣地第一筷子夾給我，你哪是有什麼好心，分明是要我的命啊。你們王家好狠毒的心腸！」

新娘爸被親家公罵得臉色青一塊紫一塊，久久才憋出一句：「親家公，你可不要血口噴人。」

「我血口噴人，你竟然還說我血口噴人。李東，你來幫我說說，這些外表斯文的人，到底有多惡毒。」

叫李東的是一個中年人，寸頭，一雙狹長的眼睛，看起來肥頭大耳很和善。他是男方家的親戚，對滿桌子的人拱了拱手，介紹道：「咱家以前在五台山學過點周易之術，略懂點詭秘之法。這盤肉，可真不簡單啊，要不怎麼說王家人惡毒呢。」

王家人憤怒地道：「姓李的，你可不要亂說話。咱們王家怎麼惡毒了，明明是你們李家小心眼，想要讓我們王家下不了台。」

「我可沒亂說話。」李東左手捏著一串玉珠子，右手提起筷子夾在黃金尾上，沉聲問旁邊的服務生。「你們酒店的黃金尾，是用什麼做的？」

「豬、豬尾巴。」服務員被這陣仗嚇得有些傻，一問就答。

「豬尾巴裡邊應該是有骨頭的，對吧？」

「對啊。」

「哼，那你再看，骨頭究竟在哪兒？」李東筷子一戳，彷彿戳了一層紙般，竟然將筷子深深地戳進了黃金尾中。

這黃金尾，竟然連一根骨頭都沒有，裡邊就是一層帶著血絲的肉疙瘩。肉疙瘩上的血絲看著也形容不出來的噁心，要說它是豬肉，但豬身上的肉，可絕對不長這模樣。

「這可不是豬肉，更不是豬尾巴。」服務員一看，臉色就煞白了。

「當然不是豬肉，這種肉，在我們北方可是有說法的，普通人根本尋不到。要不我怎麼說，王家居心叵測，用心不良啊。」李東冷哼一聲。

新郎父親大聲問道：「李東，把你剛才湊到我耳邊上說的話，原原本本告訴他們這特麼到底是什麼肉？」

「這是鬼肉。」李東一字一句地說。

「鬼肉？」宴會廳裡頓時沸騰起來，所有人還是第一次聽說鬼肉這東西。

有人問：「這是鬼身上的肉，不可能吧，世上哪裡有鬼？」

「鬼肉是我們家鄉的一種比喻，它是一種被污染被詛咒過的肉。大家看肉上的那些血絲，一條一條的，就跟掀開了天靈蓋的大腦表面一樣。」李東道：「說實話，這東西我只聽師父說過，自己也是第一次見。」

新娘這邊的親戚怒罵起來，說李東妖言惑眾，現在可是文明法治的社會，他張口閉口就是鬼啊、詛咒啥的，簡直是朝王家潑髒水。

李東沒多解釋，「既然你們覺得我在空口白牙地瞎胡說，那我就給你們想要看的證據。」

說完他提起一根黃金骨，丟入桌子上還被酒精燈熱著的湯鍋裡。說也怪，這根黃金骨一碰到熱湯就全變成了血沫子，奇臭難聞，連湯鍋裡的好肉也全都攪和臭了，嗆得附近的人，捂起鼻子也掩不住沖天臭味，沖入嗅覺。

整個宴會廳都充滿了那股無法形容的惡臭，被融化的黃金骨，在血水中咕嚕咕嚕地加熱著，臭氣被風一吹，更是像屍臭般，遠遠飄了出去。

「你看，鬼肉就是這樣。一身無骨，遇熱水就化，發出屍臭味。這就是證據，你們王家還有什麼好說的。酒店絕不可能用鬼肉來砸自己的招牌，不是你們王家搞的鬼，還會有誰。」李東道。

「我呸。」王家人覺得被誣賴，憤慨地罵了回去。兩家人都不讓步，罵成一團，最終不知道是哪個年輕小夥子開始抄傢伙，拿了酒瓶就朝對方砸過去。

這彷彿打開了某種開關，兩家的親屬本來就對對方有怨氣，馬上火拼起來。

小夫妻整個都懵了，癱坐在一起，完全不知道該幫誰。整個宴會廳一時間混亂無比，桌子上的食材全都變成了兇器，四處橫飛。

中路旦姬也被嚇壞了，她本來在主桌上高高興興地準備吃好吃的，沒想到好吃的沒撈上，卻看到了這輩子都沒看過的一幕。

喜事變成了戰爭，她東躲西藏地在主桌附近移動，躲著四處飛來的食物。突然，中路旦姬驚恐地看到眼前近在咫尺的那盤黃金尾。

竟然動了。

先是很緩慢地蠕動，最後底下的一根黃金尾被什麼東西給掀了起來，露出了一張彷若嬰兒的臉。

這張嬰兒臉天真無邪。

似乎察覺到中路旦姬的視線，那嬰兒抬起頭，衝著她露出了陰森的笑容。中路旦姬嚇了一大跳，說時遲那時快，那嬰兒一邊露出邪惡的笑，一邊從盤子裡跳了起來。

中路旦姬這才發現，整盤黃金尾都是這嬰兒的軀體，它就像一個流體生物，將被炸過烤過的身軀拿起，如拼裝木偶娃娃般裝好。

這嬰兒除了腦袋正常，其餘都是畸形。它拖曳著身軀在桌子上爬了一段後，猛地朝中路旦姬撲了過來。

中路旦姬下意識地躲到桌子下，當她緩過神來時仍舊不相信自己的眼睛。她懷疑自己出現了幻覺。

所以中路旦姬又偷偷地將頭探出桌面看向餐桌的正中央。

不見了，黃金尾那盤菜空空蕩蕩，上邊的食物，真的不見了。

整場婚禮變成了一齣鬧劇，咬了一大口所謂鬼肉的新郎母親一直都沒有醒過來，據說被送去醫院急救了。

婚沒結成，夫妻倆因為兩家族的矛盾，當天就分道揚鑣了。

回家後的中路旦姬越想越奇怪，她不知道這世上是不是真的有鬼肉，也不清楚自己在餐桌上看的那張嬰兒臉究竟是啥，所以睡不著的她，當天晚上就在當地論壇上發文當樹洞。

看完文章的我，沉默了片刻後，立刻就開始著手聯絡她。

然而無論是私信，還是撥打經過實名認證的註冊手機號碼，都聯絡不上她。

一股不好的感覺，湧上心頭。

第十九日

我透過某些管道，得到了那位網名叫做中路旦姬的女孩的住址。一大早，我開著車，帶著王航去她家。

其實我不想帶這傢伙來的，但這傢伙死皮賴臉的非要跟著。他說一定要親眼看看那個從自己下體中分娩出來的東西，究竟是啥樣子，他要報仇。

這傢伙連蛋都沒有了，還報個卵的仇。

至今，我都還很疑惑。王航究竟遇到了什麼，才會從下體分娩出那個怪胎來。而那怪胎，到底是什麼來頭？這整件事，又和失蹤的作家范紅英，有什麼關聯呢？

范紅英的電腦開機畫面，分明是她和王航手牽手的照片，本來事實不容雄辯。但這三天我在照顧王航的同時，也查了王航的所有社交紀錄，一查之後，卻毛骨悚然了。

很怪，非常的怪。

王航似乎確實不認識范紅英，甚至兩人根本就沒有交集。一個人活在世上，哪怕不願意，卻仍舊會每分每秒都留下痕跡。

但王航的人生痕跡裡，的確沒有范紅英。可是那張照片是怎麼回事？我雖然百思不得其解，倒也暫時排除了王航說謊的可能。

王航這個人很簡單，簡單到不應該招惹到從蛋中分娩怪胎的這種事。我甚至還調查了王航之前的女朋友，他的那個女友也沒問題。

調查幾乎陷入死局，直到網名叫做中路旦姬的女孩出現。

這位中路旦姬，今年二十一歲，從她的網名就能看出，這姑娘是個手遊重度愛好者，原名叫王啟佳，家就住在城市的南邊。

去她家之前，我根據王啟佳的文章，調查了那場婚宴。

確有其事，而且雙方還報了警。

我甚至透過管道，拿到了警方的調解紀錄。筆錄上，那場婚宴一共有一百多人參加了鬥毆，其中重傷五人，輕傷七十七人，不可謂不慘烈。趕去阻止混戰的警察們直呼這輩子都沒見到過這種事。

這些看起來斯斯文文，有正當職業，甚至有些還是城裡有頭有臉的人物，毫不顧忌形象地扭打成了一團。

但我卻很快在筆錄裡發現了問題。

似乎每個參與鬥毆的人，都在筆錄中提及了一點。本來剛開始他們都還是理智的一直在勸和，但不知道怎麼著，腦袋突然就混亂了，最後勸架變成了混架。

最怪的是，他們打起來絲毫沒有章法，甚至不分青紅皂白。直到警方趕來後，才莫名其妙地發現，自己老王家的，明明應該和老李家鬥毆，怎麼打來打去打到了自己人，自己卻渾然不覺。

宴會廳內所有人，彷彿被一股邪惡力量支配了似的，結果混沌尷尬。大部分傷員，都是被自己人莫名打傷的。

警方自然不信，認為這群傢伙是在為自己的惡劣行徑開脫。但我卻皺著眉，想到了更多。

那怪胎嬰兒從出生開始，彷彿就有蠱惑人心的能力。它能用啼哭聲控制手術室的所有醫護人員自殺，自然也能操縱滿宴會廳的人打群架。

雖然不明白它是怎麼偷溜進那家餐廳，又被誤當作食材，做成了招牌菜。

但我卻總有一股不好的預感，架鍋燒油炸都沒弄死這小王八蛋，這怪胎嬰兒顯然不一般。畢竟油炸，基本能用來對付任何碳基生物。

哪怕炸不死它，也能讓它受傷才對。可顯然，那小怪物，並沒有受到任何傷害，甚至還在逐漸強大。

對，看完警方筆錄的我，一直都有這種感覺。那胎兒自從被王航分娩出來後，正在以極快的速度成長，如果再不快點找到它，鬼知道它會成長成怎麼可怖的模樣。

我開著快車，朝王啟佳家行駛。她的家境不錯，住在郊區的富人區。這社區是一家當地頗有實力的開發商開發的，物業管理也很嚴格。

不過所有社區管理都有一個漏洞，那就是對開車進社區的人特別友好。我虛報了王啟佳的門牌，不費吹灰之力就順利地混了進去。

她家是一棟三層樓高的連排別墅，位於社區的中間位置。將車停下後，我和王航步行拐入青青翠翠的小路。

當我來到王啟佳家門前時，我整個人都一驚，猛地停下了腳步。

不對勁。

具體來說，是王啟佳家的大門，不對勁！

還沒進去，整個人就能感受到鋪天蓋地的邪氣。她家整扇大門都漆黑無比，像被什麼東西腐蝕過，表面斑駁不堪。

「這是怎麼回事？難道富人區的大門，都這麼有特色？」已經沒有蛋的王航，腦子裡倒是像長了顆蛋，張嘴就問蠢話。

我皺了皺眉，向後退了幾步，直到能看到附近的鄰居家。一看，背脊頓時一片冰涼。

一排鄰居的大門，以王啟佳家為中心點，猶如輻射洩漏般，也被腐蝕了。越是靠近她家的鄰居，門上鏽蝕的印記越是明顯，發黑，發污，凹凸不平，陰氣縱橫。饒是隔了十幾公尺遠，也看得我不寒而慄。

這些居民戶的門真實的顏色原本是高貴的黃銅色，古樸沉重。卻不知道從什麼時候起，門上人為製造的歷史滄桑感，被鏽跡與凸起的黑斑抹去。好幾戶鄰居都猶如被詛咒了似的，一靠近，就能感受到陰森冰冷的可怕氣息。

王航被嚇到了，「夜不語先生，這些門不太對勁啊，難不成欠了錢被追債的潑了硫酸？」

「你家硫酸能把門腐蝕成這樣？而且一整排鄰居，都欠高利貸了？」

我瞪了他一眼，沒再說話。謹慎地將外套脫下來裹住右手，接著伸手敲了下門。

可這一敲，整扇門猶如失去了平衡的多米諾骨牌，轟然崩塌。崩塌開始於鏽蝕的黑斑處，每一處都是潰爛的點。鐵皮被這些黑點鏽蝕得像是一張紙皮，在外力影響下，紛紛揚揚地散了一地。

我和王航同時打了個寒顫，一動不動地站在大門口。大門變為飛灰後，許久才沉澱下來，露出了門內黑漆漆的客廳。

客廳裡沒有任何聲音，不過我事前調查過，王啟佳自從兩天前參加完婚禮後，就沒有再出過門。

她應該還在這棟屋子裡。

「有人嗎？」我探頭朝屋裡喊。

回應我的只有死寂。

「咱們還要進去嗎？要不離開得了。」王航雙腳都在打顫，明顯是慫了。

「你的親骨肉都還在裡邊，你不是吼著要來看它一眼嗎？」我撇撇嘴。

王航低聲咕噥著，「那時候我不正麻醉了，啥也沒看到啊，全聽你講。老子哪裡知道我的親骨肉有這麼邪門！」

「進去看看情況。」我一咬牙，還是決定進去瞅瞅。

王航還是很猶豫，「要不弄點啥武器，我這麼空著手感覺很沒安全感。」

「你拿這個。」我從花園邊上抽出一根裝飾用的白柵欄遞給他。

王航問：「那你呢？」

「我有這個。」我從口袋裡摸出隨身攜帶的小手槍，衝他亮了亮。明顯能感覺到，王航臉上有一千萬個麻麻批飛過去。

他顫抖地跟在我身後，手裡緊握著白柵欄。一邊走，一邊壓低聲音問：「夜不語先生，你確定那個怪胎，就在這個屋子裡？」

「你不是已經看到許多跡象了嗎？」我點點頭，「這些門，可不會平白無故被鏽蝕成那副模樣。而且，你不覺得整個社區有點太安靜了嗎？」

那怪胎顯然就在這個社區中。

從王航蛋蛋中離奇分娩出來的怪胎就像是一種殘穢或者詛咒，它只不過是和王啟佳對視了一眼，就偷偷地跟著她回家。

可憐的王啟佳甚至毫無察覺，她當天晚上在網上發文時，甚至完全不知道，她之所以總覺得坐在電腦前發冷。正是因為有一雙邪惡的眼睛，在死死地盯著她。

不知道王啟佳的家人，現在是否還安全？那恐怖的胎兒，又躲在屋子的哪裡。

我警戒地帶著王航一步一步，緩緩朝著屋子的深處挪動。走沒多久，我突然又停住了腳步。

緊緊跟在我身後的王航險些撞在我背上。

「夜不語先生，怎麼了？」他悄悄問。

我一動也不動，目瞪口呆。

王航好奇地探出腦袋，順著我的視線望過去時。一瞬間，他整個人，也嚇得渾身發冷，頭髮都豎了起來。

奶奶的，這、這到底是什麼！

請期待《詛咒．下》

夜不語作品 46

夜不語詭秘檔案 202：沉溺池

國家圖書館出版品預行編目資料

夜不語詭秘檔案202：沉溺池／ 夜不語 著.
— 初版. — 臺北市：春天出版國際， 2021.10
面；　　公分. —（夜不語作品；46）
ISBN 978-957-741-471-7（平裝）
857.7　　110016478

ISBN 978-957-741-471-7
Printed in Taiwan

作者　夜不語
封面繪圖　Kanariya
總編輯　莊宜勳
責任編輯　黃郁潔
美術設計　三石設計

出版者　春天出版國際文化有限公司
地址　台北市忠孝東路四段303號4樓之1
電話　02-7733-4070
傳真　02-7733-4069
E-mail　story@bookspring.com.tw
網址　http://www.bookspring.com.tw
部落格　http://blog.pixnet.net/bookspring
郵政帳號　19705538
戶名　春天出版國際文化有限公司
法律顧問　蕭顯忠律師事務所
出版日期　二〇二一年十月初版
定價　240元

總經銷　楨德圖書事業有限公司
地址　新北市新店區中興路二段196號8樓
電話　02-8919-3186
傳真　02-8914-5524

夜不語
詭秘檔案

夜不語
詭秘檔案

夜不語
詭秘檔案

夜不語
詭秘檔案